The Great Authors

作家常常是通过写作重新认识生活的。

术就是追求那些不可能的事情，在某种意义上来说，艺术家都是堂吉诃德，我们的写作都是在和风车决斗，都是在和魔鬼较量。

刂人容易忽视，或者别人从来就没看到的东西。有时候，重要的不只是真相，而是你究竟想让别人看到什么。

正理解，不能被观众真正接受，这些痛苦与生俱来，是作家不可避免的命运。
有时候，失败是一种惩罚，有时候，成功也是。

是力图把真实的那一面展现在世界面前，假作真时真亦假，小说中的假往往是体现艺术之真的最有效手段。

大家读大家

主编／丁帆　王尧

The Great
Authors

叶兆言

站在金字塔尖上的人物

契诃夫
歌德
塞万提斯
雨果
巴尔扎克
莎士比亚
高尔基
阿赫玛托娃
略萨
……

人民文学出版社

图书在版编目(CIP)数据

站在金字塔尖上的人物/叶兆言著.—北京:人民文学出版社,2017
(大家读大家)
ISBN 978-7-02-012562-3

Ⅰ.①站… Ⅱ.①叶… Ⅲ.①散文集—中国—当代 Ⅳ.①I267

中国版本图书馆CIP数据核字(2017)第058955号

责任编辑	赵　萍　李　宇
装帧设计	刘　静
责任校对	王筱盈
责任印制	王景林

出版发行	人民文学出版社
社　　址	北京市朝内大街166号
邮政编码	100705
网　　址	http://www.rw-cn.com
印　　刷	三河市西华印务有限公司
经　　销	全国新华书店等
字　　数	110千字
开　　本	880毫米×1230毫米　1/32
印　　张	6.875　插页1
版　　次	2017年10月北京第1版
印　　次	2018年6月第3次印刷
书　　号	978-7-02-012562-3
定　　价	38.00元

如有印装质量问题,请与本社图书销售中心调换。电话:010-65233595

目 录

建构生动有趣的全民阅读　　　　　　　　丁帆　王尧　1

重读莎士比亚　　　　　　　　　　　　　　　　　　1
歌德的《少年维特之烦恼》　　　　　　　　　　　　21
塞万提斯先生或堂吉诃德骑士　　　　　　　　　　　29
雨果难忘　　　　　　　　　　　　　　　　　　　　46
想起了老巴尔扎克　　　　　　　　　　　　　　　　63
契诃夫的夹鼻镜　　　　　　　　　　　　　　　　　81
芥川龙之介在南京　　　　　　　　　　　　　　　　105
革命文豪高尔基　　　　　　　　　　　　　　　　　115
永远的阿赫玛托娃　　　　　　　　　　　　　　　　138
关于海明威的问答　　　　　　　　　　　　　　　　144
关于略萨的话题　　　　　　　　　　　　　　　　　153

去见奈保尔 161
横看成岭侧成峰 165
外国文学这个月亮 174
枕边的书 186

建构生动有趣的全民阅读

丁帆　王尧

"全民阅读"的前提条件,是引领广大读者进入生动有趣的接受层面,否则难以为继。"大家读大家"丛书便应运而生。

"大家读大家"丛书的策划包含着这样两层涵义:邀请当今的人文大家(包括著名作家)深入浅出地解读中外大家的名作;让大家(普通阅读者)来共同分享大家(在某个领域内的专家)的阅读经验。前一个"大家"放下身段,为后一个"大家"做普及与解惑的工作,这种互动交流的目的就是想让两个"大家"来合力推动当下的"全民阅读",使其朝着一个既生动有趣,又轻松愉悦获得人文核心素养的轨道前行。

在我们的记忆中,儿时读《十万个为什么》,在阅读的乐趣中潜移默化地获得了一些科普常识并且萌生了探究世界的好奇心。这是曾经的"大家"读"大家"的历史。我们常与一些作家、批评家同仁闲聊,谈起一些科学家为普及科学知识,绞尽脑汁地为非专业读者和中小学生写书而并不成功的例子，很是感慨。究其缘由，我们猜度，或许是因为长期以来我们培养的科学家缺少的正是人文素养的熏陶和写作技巧的训练，造成其理性思维远远大于感性思维，甚而缺少感性思维以及感性表达方式。在更大的范围看，多年来文学教育的缺失，导致国民整体文学素养的凝滞，从而也造成了全社会人文素质的缺失。这是当下值得注意并亟待改变的文化危机。

于是，我们突发奇想，倘若中国当下杰出的人文学者，首先是一流作家和从事文学研究的专家学者换一种思维方法和言说方式，他们重返文学作品的历史现场，用自身心灵的温度和对文学的独特理解来体贴经典触摸经典解读经典，解读出另一种不同凡响的音符；在解读经典的同时，呈现自己读书和创作中汲取古今中外文史哲大家写作营养的切身感受，为最广大的普通作者提供一种阅读的鲜活经验……如此这般，岂不快哉！这既有利于广大普通读者充实人文素养和提高写作水平，更有益于提升民族文化核心素养。

因此，我们试图由文学阅读开始，约请包括文、史、哲、艺四个学科门类术业有专攻的优秀学者，以及创作领域里的著名作家和艺术家分别来撰写他们对古今中外名家名著的独特解读，以期与广大的读者诸君共同携手走进文化的圣殿，去浏览和探究中国和世界瑰丽的文化精神遗产。

现在与大家见面的第一辑文丛，是一批当代著名作家的读书笔记或讲稿的结集。无疑，文学是文化最重要的基石，一个国家和民族可以缺少面包，但是却不能没有文学的滋养。文学作为人们日常精神生活不可或缺的人文营养补给，她是人之生存和持续发展的精神食粮。作为专家的文学教授对古今中外名著的解读固然很重要，但是，在第一线创作的作家们对名著的解读似乎更接地气，更能形象生动地感染普通读者。——这是我们首先推出当代著名作家读大家的文稿的原因。

如今，许多大学的文学院或中文系都相继引进了一批知名作家进入教学科研领域，打破了"中文系不是培养作家的摇篮"的学科魔咒。在大学里的作家并非只是一个学校的"花瓶"，他们进入课堂的功能何在？他们会在什么层面上改变文学教育的现状？他们对于大学人文教育又有什么样的意义？这些都是绕不过去的问题。其实，这是中国现代大学的一个传统，我们熟悉的许多现代文学大家同时也是著名大学的教授。这一传统在新世纪得以赓续。十年前复旦大学中文系聘请王安忆做创作专业教授的时候就开始尝试曾经行之有效的文学教育模式。近些年许多大学聘任驻校作家；北京师范大学成立了由诺贝尔文学奖得主莫言主持的国际写作中心，苏童调入北师大；阎连科、刘震云、王家新等也进入中国人民大学文学院。

在策划这套丛书的过程中，我们做了一个课堂实验，在南京大学请毕飞宇教授开设了一个读书系列讲座，他用自己独特的感受去解读中外名著，效果奇好。毕飞宇的课堂教学意趣盎然、生动入微，看似在娓娓叙述一个作家阅读文本时的独特感知，殊不知，其中却蕴涵了一种从形下到形上的哲思。他开讲的第一篇就是我们几代人都在初中课本里读过学过的名作《促织》，这个被许许多多中学大学教师嚼烂了的课文，却在他独到的讲述中划出了一道独特的绚丽彩虹，讲稿甫一推出，就在腾讯网上广泛传播。仔细想来，这样的文本解读不就是替代了我们大中小学师生们都十分头疼的写作课的功能吗？不就是最好的文学鉴赏课吗？我们的很多专业教师之所以达不到这样的教学效果，最根本的原因就是他们只有生搬硬套的"文学原理"，而没有实践性的创作经验，敏悟的感性不足，空洞的理性有余，这显然是不能打动和说服学生的。反观作为作家的毕飞宇教授的作品分析，更具有形下的感悟与顿悟的细节分析能力，在上升到形上的理论层面时，也不用生硬的理论术语概括，而是用具有毛茸茸质感的生动鲜活的生活语言解剖了经典，在审美愉悦中达到人文素养的教化之目的。这就是我们希望在创作第一线的作家也来操刀"解牛"的缘由。

丛书第一辑的作者，都是文学领域的大家。马原执教于同济大学，他们在课堂上对中外作家经典的解读，几乎是大学文学教育中的经典"案例"，讲稿出版后深受广大读者的欢迎。哈佛荣休教授李欧梵先生，因学术的盛名，而使读者忽视了他的小说家散文家身份。李欧梵教授在文学之外，对电影、音乐艺术均有极高的造诣，其文字表达兼具知性与感性。收录在丛书中的这本书，谈文学与电影，别开生面。张炜从九十年代开始就出版了多种谈中国古典、现代文学，谈外国文学尤其是俄罗斯文学的读书笔记，他融通古今，像融入野地一样融入经典之中，学识与才情兼备。阎连科在当代作家中是个"异数"，他的小说和散文，都以独特的方式创造了另一个"中国"。如果读者听过阎连科的演讲,就知道他是在用生命拥抱经典之作。他对世界文学经典的解读另辟蹊径,尊重而不迷信,常有可圈可点之处。才华横溢的苏童,不仅是小说高手,他对中外小说的解读,细致入微,以文学的方式解读文学,读书笔记如同他的小说散文一样充满了诗性。叶兆言在文坛崭露头角之时,就是公认的学者型作家,即便置于专业人士之中,叶兆言也是饱学之士。叶兆言在解读作家作品时的学养、识见以及始终弥漫着的书卷气令人钦佩。王家新既是著名诗人,亦是研究国外诗歌的著名学者,他用论文和诗歌两种形式解读国外诗人,将学识、情怀与诗性融为一体。——我们这些简单的评点,想必会赢得读者的认同。我们将陆续推出当今著名作家解读中外大作家的系列之作,以弥补文学阅读中理性分析有余而感性分析不足的遗憾,让更多的普通读者也能从删繁就简的阅读引导中走进文学的殿堂。

无疑,不少从事文学研究的学者也擅长于生动的语言表达,他们对中外著名作家作品的解读在文学史的定位上更有学术的权威性,这类大家读大家同样是重要的。但我们和广大读者一样,希望看到的是他们脱下学术的外衣,放下学理的身段,用文学的语言来生动地讲解中外文学史上的名人名篇。

在解读世界文学名人名篇之时,我们不但约请学有专攻的外国文学的专家学者执牛耳,还将倚重一批著名的翻译大家担当评价和解读名家名作的工作,把他们请进了这个大舞台,无疑是给这套丛书增添了一道亮丽的风景线。新文学百年来翻译的外国作家作品可谓是汗牛充栋,但是,我们的普通阅读者由于对许多历史背

站在金字塔尖上的人物

景知识的欠缺,很难读懂那些煌煌的世界名著所表达的人文思想内涵,在茫茫译海中,人们究竟从中汲取到了多少人文主义的营养呢?抱着传播世界精神文化遗产之目的,我们在"大家读大家"丛书里将这一模块作为一个重头戏来打造,有一批重量级的学者和翻译大家做后盾,我们对此充满信心。

近几十年来,许多史学专家撰写出了像黄仁宇《万历十五年》那样引起了广大普通读者热切关注的历史著作,用生动的散文笔法来写历史事件,此种文章或著作蔚然成风,博得了读者的喝彩,许多作家也参与到这个行列中来,前有余秋雨的文化大散文《文化苦旅》,后有夏坚勇的历史大散文《湮没的辉煌》和《绍兴十二年》。我们试图在这套丛书中倡导既不失史实的揭示与现实的借镜功能,又笔墨生动和匠心独运的文风,让史学知识普及在趣味阅读中完成全民阅读的使命。这同样有赖于史家和作家们将春秋笔法融入现代性思维,为我们广大的普通读者开启一扇窥探深邃而富有趣味的中外历史的窗口,从中反观历史真相、洞察人性沉浮,在历史长河中汲取人文核心素养。

哲学虽然是一个枯燥的学科,但它又是一个民族人文修养的金字塔,怎么样让这个可望而不可即的灰色理论变成每一片绿叶,开放在每个读者的心头呢?这的确是一个难题,像六七十年前艾思奇那样的普及读本显然已经不能吊起当代读者的胃口了。我们试图约请一些像周国平那样的专家来为这套丛书解读哲学名家名作,找到一条更加有趣味的解读深奥哲学的有趣快乐途径,用平实而易懂的解读方法将广大读者引入中国哲学和西方哲学名人名著的长河中,让国人更加理解哲学与人类文化休戚相关的作用,从而对为什么要汲取人文素养有一个形而上的认知,这恐怕才是核心素养提升的核心内容所在。

艺术本身就是有直观和直觉效果的学科门类,同时也是拥有广大读者群的领域,我们有信心约请一些著名的专家与创作大家共同来完成这一项任务,我们的信心就在于许多作者都是两栖人物——他们既是理论家,又是艺术家,在美术、书法、音乐、舞蹈、戏剧、电影、电视……各个艺术门类里都有深厚的人文学养和丰富的创作经验。

感谢人民文学出版社大力支持这套丛书的出版,相信他们会把这套丛书打造成一流的普及读物。"大家读大家"是一个长期而艰巨的工程,我们将用毕生的精力去打造她,希望她成为我们民族人文核心素养提升的一个大平台,为普及人文精神开辟一条新的航道。

重读莎士比亚

1

突然想到了重读莎士比亚，也没什么特别的原因。无聊才读书，一部长篇已写完，世界杯刚结束，天气火辣辣地热起来，躲在空调房间，泡上一杯绿茶，闲着也是闲着，索性再看看莎士比亚吧。看也是随意看，想看什么看什么，想放下就放下。不由得想到了老托尔斯泰，他老人家对于莎翁有着十分苛刻的看法，据说为了写那篇著名的批判文章，曾反复阅读了英文、俄文和德文的莎剧全集，与托尔斯泰的认真态度相比较，我这篇文章的风格，注定是草率的胡说八道。

时代不同了，虽然十分羡慕托尔斯泰的庄园生活，但是我明白，希望像他那样静下心来，好好地研读一番莎士比亚，已经不太可能。今天的阅读注定是没有耐心，我们已经很难拥有那份平静，很难再有那个定力。在过去的一个多月里，我只是重点看

1

了看莎翁的四大悲剧,重读了《哈姆雷特》,重读了《李尔王》,重读了《奥赛罗》,重读了《罗密欧与朱丽叶》,加上读了一半的《麦克白》。重读和初读的感受,肯定是不一样,它让我有了一些感慨,多了一些胡思乱想,这些感慨和胡思乱想,能不能敷衍成一篇文章,我的心里根本没有底。

恢复高考那阵子,一位朋友兴冲冲去报考中央戏剧学院的研究生,这是很大胆的一步棋,很牛的一件事。他比我略长了几岁,已经不屑按部就班去报考本科,只想一步到位读研。据说过关斩将,很顺利地进入了复试,考官便是大名鼎鼎的李健吾先生,我不明白当时身在社科院的李先生,为什么会凑热闹跑到中戏去参加研究生复试。我的这位朋友年轻气盛,在被问及莎士比亚的时候,他大大咧咧地说:

"莎士比亚嘛,他的剧本中看不中用,只能读,不适合在舞台上演出。"

朋友落了榜,据说就是因为这个年轻气盛的回答。朋友说李先生是莎士比亚专家,自己在考场上贸然宣布莎剧不适合舞台上演出,就跟说考官他爹不好一样,老头子当然要生气,当然不会录取他。当时是坚信不疑,因为我对李先生也没有什么了解,后来开始有了怀疑,因为知道李先生并不是莎士比亚专家,他研究的只是法国文学,如果真由他来提问,应该是问莫里哀更合适,或者是问拉辛。事情已过了快三十年,这件事就这么不明不白搁在心里。

我第一次真正知道李先生,是在八十年代初期。他给祖父写了一封信,问祖父"尚能记得李健吾否",如果还没有忘记,希望能为他的即将出版的小说集写个序,或文或诗都可以。信写得很突兀,祖父当时已八十多岁,人老了,最不愿意有人说他糊涂,于是就写了一首诗《题李健吾小说集》:

> 来信格调与常殊,首问记否李健吾。
> 我虽失聪复失明,自谓尚未太糊涂。
> 当年沪上承初访,执手如故互不拘。
> 英姿豪兴宛在目,纵阅岁时能忘乎。
> 诵君兵和老婆稿,纯用口语慕先驱。
> 心病发刊手校勘,先于读众享上娱。
> 更忆欧游偕佩公,览我童话遣长途。
> ……

祖父花两个晚上,写了这首长诗,共二十韵,四十句。对于一个老人来说,写诗相对于写文章,有时候反而更容易一些,因为写诗是童子功,会就能写,不会只能拉倒。在诗中,祖父交代了与李先生的相识和交往,提到了李先生的代表作《一个兵和他的老婆》和《心病》,这两篇小说的手稿,最初都曾经过祖父之手校阅。我重提这段往事,不是想在无聊的文坛上再添一段佳话,再续一个狗尾,而是想借一个掌故,说明一个时代,说明一个即将彻底没落的时代。不妨设想一下,今天出版一本小说集,如果用一位老先生的旧体诗来做序,会是多么滑稽可笑。与时俱进,二十世纪的八十年代初期,这样的事情还能凑合,或许还能称之为雅，毕竟老先生和老老先生们都还健在。在网络时代的年轻人心目中，"五四"一代的老家伙，活跃在三四十年代的老作家，与老掉牙的莎士比亚一样，显然都应该属于早该入土的老厌物。如今，像我这样出生在五十年代的作家，也已经被戏称为前辈了。

我问过很多同时代的朋友，他们是在什么时候开始阅读莎士比亚，不同的年龄，不同的职业，回答的时间却惊人一致，都是在二十世纪七十年代末八十年代初。这是典型的"文革"后遗症，大家共同经历了先前无书可读的文化沙漠时代，突然有了机会，开始一哄而上啃读世界名著。对于我来说，重读莎士比亚，就是重新回忆这段时期。温故而知新，记得我最初读过的莎剧，是孙大雨先生翻译的《黎琊王》。老实说，我根本没办法把它读完，与流畅的朱生豪译本《李尔王》相比，这书简直就是在考查读者的耐心。当时勉强能读完的还有曹禺先生翻译的《柔蜜欧与幽丽叶》，它仍然没有引起什么震撼，在我的印象中，这不过是一个西方版的《梁山伯和祝英台》，相形之下，我更喜欢曹禺自己创作的剧作《雷雨》和《北京人》。在那个被称为改革开放的最初年代，莎士比亚的著作开始陆续再版，一九七八年，朱生豪翻译的《莎士比亚全集》又一次问世，虽然号称新版，用的却是旧纸型，仍然是繁体字，到一九八四年第二次印刷，还是这个繁体字版。

莎士比亚对于中文系的学生，是一个拦在面前的山峰，喜欢不喜欢，你都绕不过去。当时最省力的办法就是看电影，我记得看过的莎剧有《第十二夜》《威尼斯商人》《仲夏夜之梦》《奥赛罗》《哈姆雷特》《安东尼与克莉奥佩特拉》。当然,还有一个更重要的原因,是为了学外语,有一种红封面由兰姆改写的《莎士比亚戏剧故事集》,成为那年头学英语最好的课外教材。

2

兰姆的英语改写本,普及了大家的莎士比亚知识,除了常见的那些名剧外,我不得不坦白交代,自己对莎剧故事的了解,有很多都是因为这个改写本。除非有什么特殊的原因,通常情况下,我们不会花大力气去阅读剧本。剧本贵为一剧之本,多数情况下也都是说着玩玩。戏是演给别人看的,这是一个三岁孩子都会明白的简单道理,我们兴高采烈走进剧场,找到了自己的座位,享受实况演出的热烈气氛,很少会去探究别人感受,揣摩他们到底看没看过这部戏的剧本。

经常能够上演的莎剧其实并不多,说来说去,不过就是老生常谈的那几部,而且几乎全部是改编过的。改编的莎士比亚,还应不应该叫莎士比亚,已经扯不清楚了。莎士比亚不可能从地底下爬出来与人打版权官司。作为改写大师,兰姆先生自己似乎是最反对改编的。他不仅反对改编,更极端的是还反对上演。兰姆的观点与我那位考研落榜的朋友,有着不约而同的惊人相似,都认为莎士比亚的剧本,尤其是他的悲剧人物,并不适合在舞台上表演。兰姆认为,演员的表演对我们理解莎剧,更多的是

5

一种歪曲：

> 我们在戏院里通过礼堂听觉所得到的印象是瞬息间的,而在阅读剧本时我们则常常是缓慢而逐渐的,因而在戏院里,我们常常不考虑剧作家,而去考虑演员了,不仅如此,我们还偏要在我们的思想里把演员同他所扮演的人物等同起来。

翻译兰姆这些文章的杨周翰先生归纳了兰姆的观点：

> 看戏是瞬息即过的,而阅读则可以慢慢思考;演出是粗浅的,阅读可以深入细致;演出时,演员和观众往往只注意技巧,阅读时则可以注意作家,细味作家的思想;舞台上行动多,分散注意力,演不出思想、思想的深度或人物的思想矛盾;舞台只表现外表,阅读可以深入人物内心、人物性格、人物心理;舞台上人物的感情是通过技巧表演出来的,是假的,阅读才能体会人物的真实感情。

兰姆相信莎士比亚的剧作,比任何其他剧作家的作品,更不适合于舞台演出。这与有人认为好的小说,没办法被改编成好电影的观点惊人一致。兰姆觉得,莎剧中的许多卓越之处,演员演不出来,是"同眼神、音调、手势毫无关系的"。我们通常说谁谁谁演的哈姆雷特演得好,高度夸奖某人的演技,并不是说他演的那个哈姆雷特,就完全等同莎士比亚剧本中的哈姆雷特。不同的演员演绎着不同的哈姆雷特,他们卖命地表演着,力图使我们相信,他们就是莎士比亚笔下的哈姆雷特,但是事实上他们都不是。一千个人的眼里,有一千个哈姆雷特。对此,歌德的态度也与兰姆差不多,他提醒我们千万别相信戏子的表演,歌德认为只有阅读莎士比亚的剧本,才是最理想最正确的方式,因为:

> 眼睛也许可以称作最清澈的感官,通过它能最容易地传达事物。但是内在的感官比它更清澈,通过语言的途径事物最完善最迅速地被传达给内在的感官;因为语言是真能开花结果的,而眼睛所看见的东西,是外在的,对我们并不发生那么深刻影响。

上文中的"语言",如果翻译成"文字",或许更容易让人理解,歌德的意思也是说,看戏远不如看剧本。最好的欣赏莎士比亚的方法,不是走进剧场,不是看电影看电视,而是安安静静坐下来,泡上一壶热茶,然后打开莎士比亚的剧本,把我们的注意力停顿在文字上面,手披目视,口咏其言,心唯其义。在歌德看来,莎士比亚想打动的,不仅仅是我们的眼睛,而且是为了打动我们内在的感官:

> 莎士比亚完全是诉诸我们内在的感官的,通过内在的感官幻想力的形象世界也就活跃起来,因此就产生了整片的印象,关于这种效果我们不知道该怎样去解释;这也正是使我们误认为一切事情好像都在我们眼前发生的那种错觉的由来。但如果我们把莎士比亚的剧本仔细察看一下,那么其中诉诸感官的行动远比诉诸心灵的字句为少。他让一些容易幻想的事情,甚至一些最好通过幻想而不是通过视

觉来把握的事情在他剧本中发生。哈姆雷特的鬼魂,麦克白的女巫,和有些残暴行为通过幻想力才取得它们的价值,并且好些简短的场合只是诉诸幻想力的。在阅读时所有这些事物很轻便恰当地在我们面前掠过,而在表演时就显得累赘碍事,甚至令人嫌恶。

说白了一句话,莎士比亚的剧本,需要用心去慢慢品味。好货不便宜,只有多读,才能真正地读出味道。读书百遍而义自见,关键还在于仔细阅读。谁都可以知道一些莎剧的皮毛,一部作品一旦成为名著,一旦在书架上占据了显赫的位置,一旦堂而皇之被写进了文学史,它就可能十分空洞地成为人们嘴上的谈资,成为有没有文化的一个小资标志。我们所能亲眼目睹到的大部分莎剧,都是经过了删节,大段的台词被简化了,剧情更集中了,简化和集中的理由,据说并不是因为演员没办法去演,而是观众没办法去欣赏。观众是舞台剧的消费者,消费者就是上帝。上帝的耐心都是有限的,而且难以捉摸,他们感兴趣的不是故事情节,并不在乎已发生了什么故事,不在乎还将发生什么情节,自从莎剧成为经典以后,很少有观众对正在观看的故事一无所知,人们只是在怀旧中欣赏演员的演技,在重温一部早已心知肚明的老套旧戏。这一点与中国京戏老观众的趣味相仿佛,我们衣着笔挺地走进剧场,不过是一种奢侈的消费行为,是一件雅事。

3

俄国的两位大作家,都情不自禁地对莎士比亚发表了自己的看法。屠格涅夫借批评哈姆雷特,对莎剧颇有微词,他的态度像个绅士,总的来说还算温和。托尔斯泰就比较厉害,他对莎士比亚进行了最猛烈的攻击,口诛笔伐,几乎把伟大的莎士比亚说得一无是处。有趣的是,他们的观点与法国作家雨果形成了尖锐对比。两位俄国作家的认识,与法国人雨果显然水火不容,一贬一褒,雨果对莎士比亚推崇备至,把莎剧抬到一个让人瞠目结舌的地步。

这显然与雨果的浪漫主义小说观点有关。二十世纪八十年代初,大学课堂上用的课本,不是以群的《文学概论》,就是蔡仪的《文学概论》。无论哪个课本,都太糟糕,都没办法看下去。我始终闹不明白,大学的课堂上,为什么非要开设这么一门莫名其妙的课程。让我更不明白的,是当时还会有很多同学乐意在这门味同嚼蜡的功课上下功夫。虽然一而再地逃学,我耳朵边仍然不时地回响着现实主义和浪漫主义之类的教条。它们让人感到厌倦,感到苦恼,我弄不明白什么是现实主义,什么是浪漫主义,那时候不明白,现在依然不太明白。

以我的阅读经验,浪漫主义大致都推崇莎士比亚,现实主义一般都对莎士比亚有所保留。这可以从作家的喜恶上看出门道,托尔斯泰觉得莎剧"不仅不能称为无上的杰作,而且是很糟的作品",雨果则认为莎士比亚是"戏剧界的天神"。今天静下心来,再次阅读莎士比亚,仿佛又听见我的前辈们在喋喋不休,依然在维护着他们的门户之见。读过托尔斯泰小说的人,很容易明白他为什么不喜欢莎士比亚。在托尔斯泰的小说中,语言要精准,情节要自然,可以有些戏剧性,甚至可以大段地说教,但是绝不能太夸张,过分夸张就显得粗鄙和野蛮。现实主义小说在骨子里,和古典主义的戏剧趣味不无联系,它们都有着相同的严格规定。

莎剧是对古典主义戏剧的反动,现实主义小说又是对莎剧的反动。这是否定之否定,事实上,很多法国作家对莎士比亚并不看好,就像他们不看好雨果的《艾那尼》一样。或许正是因为这个缘故,浪漫派的领军人物雨果,要热烈赞扬和极度推崇莎士比亚:

> 如果自古以来就有一个人最不配获得"真有节制"这样一个好评,那末这肯定就是威廉·莎士比亚。莎士比亚是"严肃的"美学从来没有遇见过的而又必须加以管教的最坏的家伙之一。

雨果用"丰富、有力、繁茂"来形容莎士比亚,在雨果的眼里,莎士比亚的作品是丰满的乳房,有着挤不完的奶水,是泡沫横溢的酒杯,再好的酒量也足以把你灌醉。

> 他的一切都以千计,以百万计,毫不吞吞吐吐,毫不牵强凑合,毫不吝啬,像创造主那样坦然自若而又挥霍无度。

对于那些要摸摸口袋底的人而言,所谓取之不尽就是精神错乱。他就要用完了吗?永远不会。莎士比亚是播种"眩晕"的人,他的每一个字都有形象;每一个字都有对照;每一个字都有白昼与黑夜。

莎剧的不适合在舞台上表演,会不会与它太多地播种"眩晕"有关?与观看舞台剧相比,静下心来阅读剧本,要显得从容得多。当我们跟不上舞台上的台词时,可以停下来琢磨一下为什么,可以反复地看上几遍。剧场里的一切,都会显得太匆忙,一大段令人"眩晕"的台词还没有完全听明白,人物已经匆匆地下场了。然而,剧场里那种"眩晕"的感觉,在阅读时能不能完全避免呢?换句话说,莎剧在剧场里遇到的问题,在观众心目中产生的尴尬,阅读剧本时是不是就可以立刻消失?我们在对剧本叫好的同时,是不是也会从内心深处感到太满,感到过分夸张,而这种太满和夸张,是不是就是托尔斯泰所说的那种"粗鄙和野蛮"?

4

说到底,还是要看我们以一种什么样的心情,去看待莎士比亚。莎士比亚太老了,我们的阅读心态却总是太年轻。对于中国的读者来说,有时候,误会只是不同的翻译造成的。比较不同的译本,几乎可以读到完全不一样的莎士比亚。我们都知道,在文学艺术的行当里,诗体和散文体有着非常大的不同,卞之琳先生在翻译《哈姆雷特》的时候,为了保持原文的"无韵诗体"的风格,译文在诗体部分"一律与原文行数相等,基本上与原文一行对一行安排,保持原文跨行与中间大顿的效果"。结果我们就见到了这样一些奇怪的句式,哈姆雷特在谴责母亲时说:

> 嗨,把日子
> 就过在油腻的床上淋漓的臭汗里,
> 泡在肮脏的烂污里,熬出来肉麻话,
> 守着猪圈来调情——

要想保持诗的味道,并不容易,卞先生的译文读起来很别扭,相比之下,翻译时间更早的朱生豪译本反而顺畅一些:

> 嘿,生活在汗臭垢腻的眠床上,让淫邪熏没了心窍,在污秽的猪圈里调情弄爱——

朱生豪的译文是散文体,它显然更容易让大家接受。事实上,我们今天所习惯的莎士比亚,大都源自他的译本。不妨再比较下面一段最著名的台词,丹麦王子自言自语,在朱生豪笔下是这样:

> 生存还是毁灭,这是一个值得思考的问题;默然忍受命运的暴虐的毒箭,或是挺身反抗人世的无涯的苦难,通过斗争把它们扫清,这两种行为,哪一种更高贵?

卞之琳则是这样翻译的:

> 活下去还是不活:这是问题。

> 要做到高贵，究竟该忍气吞声，
> 来容受狂暴的命运矢石交攻呢，
> 还是该挺身反抗无边的苦恼，
> 扫它个干净？

诗体和散文体的差异显而易见。谁优谁劣，很遗憾自己不能朗读原文，说不清其中的是非曲直。当年老托尔斯泰一遍遍读了英文原著，在原著的基础上，比较俄文和德文译本，此等功力，如何了得。据说德文译本是公认的优秀译本，孙大雨先生在《黎琊王》的序中，就对其进行过赞扬。与大师相比，我只能可怜巴巴地比较不同的莎士比亚中文译本，而这其中十分优秀的梁实秋译本，因为手头没有，也无从谈起。

就我所看到的译文，显然是朱生豪的译文最占便宜，最容易为大家所接受。要再现原文的韵味，这绝不是一件轻易就可以做到的事情。散文体的翻译注定会让诗剧大打折扣，但是，仅仅是翻译成分了段的现代诗形式，也未必就能为莎剧增色。曹禺先生曾翻译过《柔蜜欧与幽丽叶》，以他写剧本的功力，翻译同样是舞台剧的莎士比亚作品，无疑是最佳人选，但是他的译笔让人不敢恭维，譬如女主角的一大段台词，真不知道让演员如何念出来：

> 你知道黑夜的面罩，遮住了我，
> 不然，知道你听见我方才说的话，
> 女儿的羞赧早红了我的脸。

> 我真愿意守着礼法,愿意,愿意,
> 愿意把方才的话整个地否认。
> 但是不谈了,这些面子话!
> ……
> 我是太爱了,
> 所以你也许会想我的行为轻佻,
> 但是相信我,先生,我真的比那些人忠实,
> 比那些人有本领,会装得冷冷的。
> 我应该冷冷的,我知道,但是我还没有觉得,
> 你已经听见了我心里的真话,
> 所以原谅我,
> 千万不要以为这样容易相好是我的轻狂,
> 那是夜晚,一个人,才说出的呀。

分了行的句子不一定就是诗,擅长写对话的曹禺,与诗人卞之琳相比,同样是吃力不讨好。同样的一段话,还是朱生豪的散文体简单流畅:

> 幸亏黑夜替我罩上了一重面幕,否则为了我刚才被你听去的话,你一定可以看见我脸上羞愧的红晕。我真想遵守礼法,否认已经说过的言语,可是这些虚文俗礼,现在只好一切置之不顾了……我真的太痴心了,也许你会觉得我的举动有点轻浮;可是相信我,朋友,总有一天你会知道我的忠心远胜过那些善于矜持作态的人。我必须承认,倘不

是你乘我不备的时候偷听去了我的真情的表白，我一定会更加矜持一点的，是黑夜泄漏了我心底的秘密，不要把我的允诺看作是无耻的轻狂。

静下心来仔细想想，时过境迁，伟大的莎士比亚的作品，或许不仅不适合在舞台上表演，甚至也很难适合于现代的大众阅读。剧场里发生的心不在焉，同样会发生在日常的阅读生活中。演员们自以为是的滔滔不绝，让我们心情恍惚，翻译文字个人风格的五光十色，让我们麻木不仁。除非认真地去比较，去鉴别，否则我们很可能被一些糟糕的翻译，弄得兴味索然胃口全无。很难说影响最大的朱生豪译文就是最佳，毕竟用散文体来翻译莎士比亚，只是一种抄近路的办法，虽然简单有效，却产生了一种人为的非诗的质地变化。

我读过吕荧先生翻译的《仲夏夜之梦》，也读过方平先生翻译的《莎士比亚喜剧五种》，总的印象是比朱生豪的译本更具有诗的形式和味道，但是典雅方面都赶不上。就个人兴趣而言，我更愿意接受朱生豪的译本，朱生豪和莎士比亚，犹如傅雷和巴尔扎克，在中国早就合二为一，要想在读者心目中再把他们强行分开已很困难。成也萧何，败也萧何，因为朱生豪的散文笔法，莎士比亚不再是一位诗人，他的诗剧也成了道地的散文剧。基于这个原因，与朱生豪几乎同时期的孙大雨译本，便有了独特的地位。有比较才能有鉴别，在我所读过的莎剧译本中，似乎只有孙大雨的翻译，能与朱生豪势均力敌。

事实上，最初我并没有读出孙大雨译文的妙处，他强调的是节奏,将那种诗的节奏,称为音组和音步。在他看来,诗不仅仅是分行,不仅仅是押韵,最关键的是要有诗的节奏。在新诗流行的二十世纪,这样的诗歌观点会引起写"自由诗"的人的公愤,不自由,毋宁死,好好的一首诗岂能戴着镣铐去跳舞。同时也让老派的人不满,不讲究平仄也罢了,连韵也敢不押,还叫什么狗屁的诗。老李尔王在遭到第一个女儿背叛的时候,有一段很著名的诅咒,朱生豪是这样翻译的:

> 听着,造化的女神,听我的吁诉!要是你想使这畜生生男育女,请你改变你的意旨吧!取消她的生殖的能力,干涸她的产育的器官,让她下贱的肉体里永远生不出一个子女来抬高她的身价!要是她必须生产,请你让她生下一个忤逆狂悖的孩子,使她终身受苦!让她年轻的额角上很早就刻了皱纹;眼泪流下她的面颊,磨成一道道沟渠;她的鞠育的辛劳,只换到一声冷笑和一个白眼;让她也感觉到一个负心的孩子,比毒蛇的牙齿还要多么使人痛入骨髓!

在这段译文中,朱生豪连续使用了感叹号,不这样,不足以表现出李尔王的愤怒。孙大雨的翻译却完全是另外一种味道,他极力想再现莎剧原作的"五音步素体韵文":

> 听啊,/造化,/亲爱的/女神,/请你听/
> 要是你/原想/叫这/东西/有子息,/
> 请拨转/念头,/使她/永不能/生产;/
> 毁坏她/孕育/的器官,/别让这/逆天/

背理/的贱身/生一个/孩儿/增光彩!/
如果她/务必要/蕃衍/,就赐她/个孩儿/
要怨毒/作心肠,/等日后/对她/成一个/
暴戾/乖张/不近情/的心头/奇痛。/
那孩儿/须在她/年轻/的额上/刻满/
皱纹;/两颊上/使泪流/凿出/深槽;/
将她/为母/的劬劳/与训诲/尽化成/
人家/的嬉笑/与轻蔑;/然后/她方始/
能感到,/有个/无恩义/的孩子,/怎样/
比蛇牙/还锋利,/还恶毒!/……

把每一句分成五处停顿,据说这是莎剧诗歌的基本特点,读者喜欢也罢,不喜欢也罢。这样的翻译,今日阅读起来,难免别扭,但是对于理解原剧的诗剧性质,了解原剧风格的真相,却不无帮助。同时,强调诗的节奏,也不失为理解诗歌的一把钥匙。我们必须明白,常见的朱生豪式的散文化翻译,那种大白话一般的长篇道白,那种充满抒情意味的短句子,并不是莎士比亚原有的风格。这就仿佛为了便于阅读,白居易《长恨歌》已被好事者改成了散文,后人读了这篇散文,习以为常,结果竟然忘了它原来的体裁是诗歌。买椟还珠的事情是经常发生的,在西方人眼里,在西方文学史上,莎士比亚不仅仅是伟大的戏剧家,同时,也是一个非常重要的诗人。

诗是不能被别的东西所代替的。诗永远是最难翻译。诗无达诂,而且不可能翻译。把西方的诗翻译过来很难再现神韵,把东方的诗贩卖到西方也一样。这注定是一个很大的遗憾。其实，就算是同一种语言，古典诗歌也仍然是没办法译成白话。根据这个简单道理，那些动不动就拿到国外或者拿到国内来的著名诗歌，它们的精彩程度，都应该打上一个小小的问号。

5

重读莎士比亚，有助于当代的诗人们重新思考。什么是诗，诗是什么，生存还是毁灭，确实是值得思考，值得狠狠地吵上一场架。作为一个小说家，事实上，我不过是拿莎士比亚的剧本当作小说读。至于是应该去看舞台剧，还是关起门来潜心研讨剧本，或者仔细比较译笔的好坏，热烈地讨论它们像不像诗剧，这些都不是我想说的重点。人难免有功利之心，难免卖什么吆喝什么，我想我的前辈雨果和托尔斯泰，基本上也是这个实用主义的态度。隔行如隔山，在一个自己所不熟悉的领域，胡乱地插上一脚，只不过是因为自己有话要说，是典型的借题发挥，都是想借他人的酒杯，浇灭自己心中的忧愁。

无聊才读书，有时候很可能只是个幌子。很显然，莎剧是可以当作不错的小说读本来读，它的夸张，它的戏剧性，它的有力的台词，对于日益平庸的小说现状，对于小说界随处可见的小家子气，不失为一种良好的矫正。基于这个出发点，我既赞成托尔斯泰对莎士比亚的批判，也赞成雨果对莎士比亚的吹捧。有则改之，无则加勉，矫枉必须过正。现代小说变得越来越精致，越来越苍白，越来越无力,这时候,加点虎狼之药,绝不是什么坏事。

有一位学书法的朋友,对我讲到自己的练字经历。一位高人看了他的字以后,说他临帖功夫不错,二王和宋四家的底子都算扎实,可惜缺少了一些粗犷之气。往好里说,是书卷气太重,每一个字都写得不错,都像回事,无一笔无来历,笔笔都有交代,往不好里说,是没有自己的骨骼,四平八稳,全无生动活泼之灵气。世人尽学兰亭面,欲换凡骨无金丹。有病就得治,不能讳疾忌医,而疗效最好的办法,或许便是临碑文学汉简,反差不妨要大一些。先南辕而北辙,然后再极力忘却自己写过的字。

漫长的夏天就要结束了,一大堆夹带着霉味的莎士比亚剧本,即将被重新放回原处,成为装饰书橱的一个摆设。不知道该怎样评价自己的这次阅读,是还是不是,困扰着丹麦王子的问题,似乎也在跟我过不去。重温莎士比亚,对我的文风能否起到一点矫正作用,恐怕也是一时说不清楚。良药苦口,金针度人,如果可能,我愿意让莎士比亚的作品,也成为可供临摹的碑文汉简,彻底洗一洗自己文风的柔弱之气。转益多师,事实上一个人读什么,不读什么,既可以随心所欲,又难免别有用心。人可以多少有些功利之心,但是也不能太世俗,欲速则不达,明白了这道理,我们的心情便可以顿时平静下来。

不管怎么说,赤日炎炎,躲在空调房间里,斜躺在沙发上,重读古老的莎士比亚,还是别有一番情趣。阅读从来就是人生的一种享受,在回忆中开始,在回忆中结束。人生中有太多这样的不了了之。莎剧中的那些著名场景,哈姆雷特与鬼魂的对话,

《麦克白》中令人不寒而栗的敲门声,奥赛罗在绝望中扼死了苔丝狄蒙娜,罗密欧关于爱情的大段念白,再次"通过语言的途径",完善并且迅速地开花,结果,它们又一次打动了我,打动了我这个已经不再年轻的读者。

歌德的《少年维特之烦恼》

歌德出生的时候,中国的曹雪芹正在埋头写《红楼梦》。满纸荒唐言,一把辛酸泪,等到歌德开始撰写《少年维特之烦恼》,曹雪芹早已离开人世。从时间上来说,《少年维特》开始风靡欧洲之际,《红楼梦》一书也正在坊间流传,悄悄地影响着中国的男女读者。很显然,相对于同时期的欧洲文化界,歌德已是一位对中国了解更多的人,但是事情永远相对,由于时代和地理的原因,西方对东方的了解并不真实,自始到终都难免隔膜和充满误会。欧洲当时推崇的中国诗歌和小说,差不多都是二流的,甚至连二流的水准也达不到。没有任何文字资料,可以证明歌德对曹雪芹的《红楼梦》有所了解,虽然歌德的家庭一度充满了中国情调,他家一个客厅甚至用"北京厅"来命名。

歌德时代欧洲的中国热,不过是一种上流社会追逐异国情调的时髦,在《歌德谈话录》一书中,歌德以令人难以置信的热烈口吻说:

> 中国人在思想、行为和情感方面几乎和我们一样,使我

站在金字塔尖上的人物

们很快就感到他们是我们的同类人,只是在他们那里一切都比我们这里更明朗,更纯洁,也更合乎道德。在他们那里,一切都是可以理解的,平易近人的,没有强烈的情欲和飞腾动荡的诗兴……

这些对于欧洲人来说似乎很内行的话,有意无意地暴露了歌德对中国文化的无知。歌德心目中,中国人的最大特点,是人和自然的和谐,金鱼总是在池子里游着,鸟儿总是在枝头跳动,白天一定阳光灿烂,夜晚一定月白风清。中国成了一个并不存在的乌托邦,成了诗人脑海里的"理想之国"。歌德相信,除了天人合一的和谐,中国的诗人在田园情调之外,一个个都很有道德感,而同时代的"法国第一流诗人却正相反"。为了让自己的观点更有说服力,歌德特别举例说到了法国诗人贝朗瑞,说他的诗歌并非完美无瑕,"几乎每一首都根据一种不道德的淫荡题材"。

歌德被德国人尊称为"魏玛的孔夫子",这种称呼在明白点事的中国人看来,多少有些莫名其妙。事实上,歌德并不是什么道德完善的圣人,他也不相信仅仅凭单纯的道德感,就能写出第一流的诗歌。任何譬喻都难免有缺陷,说歌德像孔夫子,更多的是看重其文化上的地位。以诗歌而论,歌德更像中国的杜甫,他代表着德国古典诗歌的最高境界,以小说而论,说他像写《红楼梦》的曹雪芹,也许最恰当不过。歌德被誉为"奥林帕斯神",是"永不变老的阿波罗",与大成至圣文宣先师孔子相比,他更文学,更艺术。

歌德的《少年维特之烦恼》

歌德生前曾相信,他的小说不仅风靡了欧洲,而且直接影响到了遥远的中国。杨武能先生《歌德与中国》一书中,援引了歌德的《威尼斯警句》,从中不难看到歌德的得意:

　　德国人摹仿我,法国人读我入迷,
　　英国啊,你殷勤地接待我这个
　　憔悴的客人;
　　可对我又有何用呢,连中国人
　　也用颤抖的手,把维特和绿蒂
　　画上了镜屏

这又是一个想当然的错误,如果歌德明白了大清政府的闭关锁国政策,明白了当时耸人听闻的文字狱,他就会知道在自己还活着的时候,古老和遥远的中国绝不可能流行维特和绿蒂的故事。此时的大清帝国处于康乾盛世尾声,正是乾嘉学派大行其道之时,对于中国的读书人来说,无论诗歌还是小说,都是不算正业的旁门左道。歌德并不是真正了解东方的中国,而中国就更不可能了解西方的歌德。歌德的伟大,在于已经提前预感到了世界文学的未来,他相信在不远的未来,世界各国的文学将不再隔膜,那时候,不仅西方的文学将相互影响,而且神秘美妙的东方文学,也会加入到世界文学的大家庭中来。歌德近乎兴奋地对爱克曼说,他越来越相信诗是人类的共同财产,随时随地正由成千上万的人创造出来,任何人都不应该因为写了一首好诗,就夜郎自大地觉得他了不起。歌德充满信心地发表了自己的宣言,他认为随着文学的发展,单纯的民族文学已算不了什么玩意,世界文学的时代正在来临,每一个从事文学创作的人,"都应该出力促使它早日来临"。

中国人知道歌德,起码要比歌德了解中国晚一百年。有趣的是,经过专家学者的考订,虽然零零碎碎可以找到一些文字数据,证明歌德这个名字早已开始登陆中国,然而歌德作品的真正传入,并不是来自遥远的西方欧美,而是来自不很遥远的东方日本。歌德并不是随着八国联军的洋枪大炮闯入中国,在"中学为体,西学为用"的思想基础上,中国人向西方学习的动机,首先是"富国强兵",是"船坚炮利"的物质基础,其次才是精神层面的文学艺术。以古怪闻名的辜鸿铭先生也许是最早知道歌德的中国人,他在西方留学时,曾与一个德国学者讨论过歌德,话题是这位大师是否已经开始过气,而他们的结论竟然是完全肯定。在辜鸿铭笔下,歌德最初被翻译成了"俄特",所谓"卓彼西哲,其名俄特"。

最初有心翻译介绍歌德作品的中国人,应该是马君武和苏曼殊,这两位都是留日学生。王国维和鲁迅在各自的文章中,也曾以赞扬的语调提到过歌德,他们同样有着留日的背景。不管我们愿意不愿意,不管我们相信不相信,中国的现代化进程一直都与近邻日本紧密联系。他山之石,可以攻玉,我们似乎已习惯了跑到邻居家去借火沾光,革命党人跑去避难,年轻有为的学生跑去求学,为了学习军事,为了学习文学或者科学。最终爆发了战争也好,输入了革命思想也好,反正这些都是值得研究的课题。说到底，歌德在中国的真正走红，无疑要归功于郭沫若在一九二二年翻译出版的《少年维特之烦恼》，而郭之所以会翻译，显然又与他留学东洋期间，这本书在日本的家喻户晓有关。众所周知，歌德最伟大的作品应该是《浮士德》，但是要说到他的文学影响，尤其是对东方的影响，恐怕还没有一本书能与《少年维特之烦恼》媲美。

不太清楚郭译《少年维特之烦恼》之后，中国大陆一共出版了多少种译本，影响既然巨大，数量肯定惊人。也许多得难以统计，根本就没办法准确计算，经过上网搜索，只查到了一位日本学者统计的数字，迄今为止，在日本一共出版了四十五种《少年维特之烦恼》，这是个惊人数字，却很容易一目了然地说明问题。任何一本书，能够产生广泛的影响，通常都有产生影响的基础。研究西方文学对中国文学的渗透，不难发现，很长一段时间内，歌德的影响力要远远大于其他作家。时至今日，读者对外国文学的兴趣早已五花八门，同样是经典，有人喜欢英国的莎士比亚，有人喜欢法国的巴尔扎克，有人更喜欢俄国的托尔斯泰或者陀思妥耶夫斯基，还有人喜欢各式各样的诺贝尔文学奖得主，但是，以"五四"新文化运动为特征的现代文学，却一度被《少年维特之烦恼》弄得十分癫狂，年轻的读者奔走相告，洛阳顿时为之纸贵，由"维特热"引发为"歌德热"，显然都是不争的历史事实。

回顾二十世纪发生在中国的"歌德热"，无疑以两个时期最具代表性。一是"五四"之后，这是一个狂飙和突飞猛进的时代，思想的火花在燃放，自由的激情在蓬勃发展，郭沫若译本应运而生，深受包办婚姻之苦的年轻人，立刻在维特的痛苦中找到了共鸣，在维特的烦恼中寻求答案。爱情开始被大声疾呼，热恋中的男女开始奋不顾身，少年维特的痛苦烦恼引起了一代年轻知识分子的思考。二是粉碎"四人帮"之后，经过了十年的文化浩劫，启蒙的呼唤声再次惊天动地响起，世界文学名著在瞬间就成为读者争相购买的畅销书，一九八二年歌德逝世一百五十周年之际，纪念活动达到了前所未有的高潮，"歌德与中国·中国与歌德"的国际学术讨论会在当时的西德海德堡召开，中国派出了以冯至为首的代表团，冯是继郭沫若之后，歌德研究方面的最高权威。

比较两次不同时期的"歌德热"，惊人的相似中，还是能够发现某些不一样，譬如在"五四"以后，《少年维特之烦恼》在读者市场几乎是一枝独秀，它成了追逐恋爱自由的经典读本，引来了为数众多的模仿者。这得力于当时新文化运动的社会风气，得力于当时的青春豪情与热血冲动，正好与歌德写完小说的那个时代相接近，维特的遭遇深入了人心，文学革命最终引发了社会革命。二十世纪八十年代的"歌德热"却呈现出了多样性，作为世界文学名著，歌德作品再次赫然出现在书架上，与其他的一些世界文学大师相比，歌德的作品虽然也畅销，并没有什么明显的压倒性优势。在过去，歌德的作品更容易与年轻人产生心灵感应，有着强烈的现实意义。在今天，与阅读其他大师的作品一样，更多的只是为了提高文学修养，具有重读经典的意味。这是个只要是文学名著就好卖的黄金时代，而在歌德的一系列作品中，又以《少年维特之烦恼》的销量最多，各式各样的译本也最多，无论印多少都能卖出去，但是说到了影响力，已很难说是最大。歌德所预言的那个世界文学时代终于到来了，据资料统计，中国进入新时期以来，歌德作品的翻译品种、数量及销量都达到了前所未有的高度，除了《少年维特之烦恼》，其他的作品恐怕都很难说是畅销。

为什么到了今天，歌德的《少年维特之烦恼》还会有那样的生命力？这显然是与读者有关，文学作品的最大阅读人群，从来都是涉世未深的年轻人。以今天的习惯用法，"少年"维特其实应该是"青年"维特，当初郭沫若翻译的时候，用的只是汉语的古意，古人称青年为"少年"，与今人所说的少年儿童并不是一个意思。"少年不识愁滋味"，这个"少年"就不是指小孩。"少年中国"和"少年维特"，都是非常具有"五四"特征的词汇，这里的"少年"特指青春年华意气风发的青年人，与幼稚的孩童无关。《少年维特之烦恼》在过去拥有读者，在现在仍然还能拥有读者，根本原因就在于它能够被年轻人所喜爱。无论时代如何发展，无论科学如何进步，年轻人总是有的，年轻人的追求和烦恼也总是有的，只要有年轻人，有年轻人的追求和烦恼，《少年维特之烦恼》就一定还会有读者。

此外，从世界文学相互交流的角度去考察，同样是歌德的作品，为什么《少年维特之烦恼》会比更具有人性深度的《浮士德》更容易受到读者欢迎，除了其很好地迎合了年轻人的阅读心理，恐怕也与散文体的更容易翻译和诠释有关。毫无疑问，世界文学的交流一方面势不可当，但是不同的语言之间，仍然还会存在着难以逾越的障碍。诗无达诂，小说比较容易再现原著的神韵，只要故事大致不太离谱，创作者的本意，翻译者比较容易传达，读者也比较容易把握，而讲究韵律的诗歌就大不一样。中国的好诗很难翻译到国外去，欧洲的好诗同样也难以翻译成中文。虽然歌德的《浮士德》已出现了好几个中文译本，可是读者在接受叙事诗风格的《浮士德》时，总是不能像接受《少年维特之烦恼》那么来得直截了当。

塞万提斯先生或堂吉诃德骑士

1

伟大的歌德在看了莎士比亚的著作以后,曾经发过这样的感叹,说仅仅是看了一页,就让人终生折服。他形容那种受启示的感觉,仿佛一个生来是瞎子的人,"由于神手一指而突然得见天光"。歌德狠狠地夸奖一番早已不在人间的莎士比亚,说自己因此获得了思想的解放,因此"跳向了自由的空间",甚至突然觉得自己"有了手和脚"。

歌德对莎士比亚的评价也引起了我深深的感叹。这是一种同行之间的互相敬佩和赞美,是棋逢对手、将遇良才的惺惺相惜,我想莎士比亚在天有灵,一定会为有歌德这样的知音感到安慰。当然不仅仅是敬佩,作家之间的赞美和嫉妒往往分不开。歌德把莎士比亚的成功归结为"不受干扰、天真无邪的、梦游症似的创作活动",认为能产生莎士比亚的那个伟大时代已经结束了，因为到歌德的那个时代，作家必须"每天都要面对群众"。在歌德心目中，作家当时的处境已经十分险恶，"每天在五十个不同地方所出现的评长论短，以及在群众中所掀起的那些流言蜚语，都不容许健康的作品出现"。作为一个功成名就的作家，歌德说到这些话题，就忍不住有些生气，他觉得"一种'半瓶醋'的文化渗透到广大群众之中"，这种文化的普及不仅无助于艺术的发展，恰恰相反，反而是"一种妖氛"和"一种毒液"，"会把创造力这棵树从绿叶到树心的每条纤维都彻底毁灭掉"。

今天回过头来看歌德时代，犹如歌德当年回首莎士比亚时代。五百年前如此，二百年前也如此，历史总是有着惊人的相似之处。

2

海涅曾自说自话地过了一回评委的瘾，他将戏剧艺术的桂冠颁给了莎士比亚，将诗歌艺术的桂冠给了歌德，剩下的最后一个奖项小说艺术，犹豫了一下，便随手给了塞万提斯。或许正是因为这种并列提名的三巨头关系，我在谈到塞万提斯的《堂吉诃德》之前，首先想到的竟然是莎士比亚和歌德。

我很遗憾自己不能像歌德那样敏锐，一眼就看出一个天才作家的伟大之处。说老实话，充分认识塞万提斯，对于我这种迟钝的大脑来说，显然需要一个漫长的过程。虽然很早就知道海涅对塞万提斯的评价，但是这并不意味着我就赞同这种观点。

要认定某个作家排名第一，这并不是件容易的事情。我只记得海涅曾用诗一般的语言来描述《堂吉诃德》，说自己还是一个孩子时，就已经义无反顾地迷恋上了这本书。少年时的海涅还不会默读，他不得不大声地朗读着每一个字，结果小鸟树木溪水花朵，都听到了他念出来的一切：

  由于这些天真的无邪的生物和孩子一样不懂得讽刺是怎么回事，所以把一切也都这样认真地看待，于是便同我一道哭将起来，分担着不幸骑士的苦难，甚至一棵龙钟的老橡树也不住地抽咽，瀑布则急速地抖动着它的白胡子，像是在那里斥责世风的低下。

我仿佛看到少年海涅正在园子里大声朗读《堂吉诃德》，天气阴郁，灰色的天空飘浮着可恶的云雾，黄色的残叶凄凉地从枝头跌落下来，尚未开放的花蕾上挂着泪珠，夜莺的歌声早已消逝。堂吉诃德经过漫长的漂泊以后，在与白月骑士的决斗中，高高地从马上摔了下来，他没有掀开面甲，就像在坟墓里说话一般，以一种低沉无力的声音宣布，自己心目中的女人才是世界上最美丽的女人，他是地球上最不幸的骑士，不能因为他的无能就不信这个真理。虽然已经被打败了，但是他绝对不能放弃真理。少年海涅读到这一段文字的时候，那颗稚嫩的心都差不多快碎了，他做梦也想不到，在一千多页的著作即将读完之际，自己心目中的勇敢骑士竟然得到了这样一个下场。最让读者接受不了的，是战胜世上最高尚最勇敢的堂吉诃德骑士的人，那个自称白月骑士的家伙，竟然只是一个乔装打扮的"理发师"。海涅显然弄错了，战胜堂吉诃德的不是理发师，而是一个与堂吉诃德同村的乡间学士。在塞万提斯的笔下，那个乡间的学士不像农村秀才，更像一名今天的大学生。

我之所以忘不了这一幕，是因为和少年海涅一样有着深深的同感。这确实是一个煞风景的场面，是孩子们不愿意看见的结局，一个敢与风车搏斗的战士，一个面对狮子面不改色的好汉，最后竟然输给了那位被误解为理发师的乡间学士。这种巨大的反差折磨着小孩子天真的心灵，以至于我一想到堂吉诃德，就忘不了他那副狼狈不堪的愁苦面容。童年记忆的碎片已拼凑不起一个完整真实的想法，我只记得自己最初并不觉得堂吉诃德可笑，对于一个孩子来说，他的智力似乎还不足以理解可笑这个字眼。我只是觉得堂吉诃德有点傻，想不清楚他为什么就不明白风车不是魔鬼，不明白狮子会吃人，我顽固地相信，他打不过白月骑士的原因，是他的马还没有遛好，是他刚生过一场大病。而且我一直想不清楚，堂吉诃德为什么不明白走遍天下苦苦追寻的心爱女人，其实就在自己身边，而且这位世界上最美丽的女人不过是一个村姑。

事实上，我最初读到的还不是傅东华先生翻译的《堂吉诃德》，在我的少年时代，这两大册书似乎太厚重了一些。我最先接触的是一本薄薄的小人书，根据苏联电影的拍摄画面编辑而成。所有的画面都是蓝色的，好像是用印蓝纸印出来一样。我的少年时代曾拥有过厚厚的一沓小人书，它们是我最好的朋友，伴随我走过了寂寞的童年。这些连环画都是父亲在劳动改造时购买的,那时候,他被打成了"右派",发配到农村大炼钢铁,成天守着土制的小高炉,闲极无聊,便在公社的新华书店一本接一本地买电影连环画。自从懂事以后,这些连环画就成为父亲送我的最初礼物,而在这一大堆连环画中,给我留下最深刻记忆的只有两本,一本是《堂吉诃德》,另一本是《牛虻》。很长时间里,我喜欢堂吉诃德的故事,却不喜欢堂吉诃德本人,不喜欢的原因不是因为他可笑,而是觉得他傻。少年时代更能吸引我的是英雄梦想。在孩子的心目中,英雄可以战胜风车,可以打败狮子。我更愿意自己能成为牛虻那样的人,不仅是我,与我同年龄的一代人,都深陷在英雄主义的泥沼之中。我们喜欢的是红军爬雪山过草地那样的故事,喜欢出生入死最后修得正果的那种革命理想主义。

我记得自从识字以后,最喜欢的读物是解放军文艺出版社出版的《红旗飘飘》。

3

我甚至弄不明白我们这代人和"八个样板戏"究竟是什么样的关系。是因为"八个样板戏"造成了一代人的审美情趣,还是一代人的审美情趣造成了"八个样板戏"的横空出世。很长一段时间里,大家并不觉得"高大全"的三突出原则有什么不妥,这就仿佛在西方古典主义时期没有什么人怀疑"三一律"一样。时过境迁,我更愿意把它理解成一种集体的智力低下,事实上,智力低下的现象永远会是一种客观存在,看看今天的电视剧,看看今天的那些文化现象,那些流行的文化观点,看看那些自以为是的精英,说是五十步笑一百步并不夸张。如果坚信今天的认识水准就一定比过去高,这种观点其实未必正确。

今天的读者很少再会去拜读《堂吉诃德》。文科大学生只是为了应付考试,才会去注意这本书的书名和作者的生卒年代。《堂吉诃德》在过去就不是一本重要的读物,今天更不是。我常常会做这种没有任何意义的瞎想,自己的青少年时代,如果有电视,有那么多狗屁一般的肥皂剧,有那么多精彩的足球赛,我大约也不会兴致勃勃地去读塞万提斯的著作。处在一个没有电视时代的读者,真说不清楚是幸运还是不幸运。读不读《堂吉诃德》也是人生的一种机缘,我的青少年时代是一个文化的大沙漠,外国文学几乎都属于禁书之列,虽然我没有像海涅在花园里读《堂吉诃德》那样的优雅机会,但是幸运的是,我的手头偏偏就有这样一本书,而且我还有一个会写诗的堂哥,他的诗在那个特殊的年代里,让我对塞万提斯先生和堂吉诃德骑士有一种全新的认识。

  愚昧的讥笑

   无耻的飞沫

    廉价的可怜

   都不应该属于你的

    消瘦的愁容骑士

塞万提斯先生或堂吉诃德骑士

风沙打着盾牌
　　枯手托着瘦额
　　紧握着那将断的长矛
　　　　鞭子抽打着可怜的老马

对于你日夜矗立的事业
　　你疲惫辛苦　那样忠诚
　　你有正义　有爱恋　有力量　有感情
　　　你的心灵上充实　丰富

你流血了　受尽折磨
　　淌泪了　历经辛酸
　　　　忧郁了　遍尝讥笑
　　但你是真正的人呵　我觉得

看看世上那些空空的躯壳
　　他们心灵枯竭就像泥泞的沼泽
　　没有正义　没有爱恋　没有力量　没有情感
　　　空空的壳呵　像树下一堆蝉皮

　　　　在正义面前　他们回避
在爱恋面前　他们撒谎

　　　　在力量面前　他们萎缩
　　在情感面前　他们玩弄

　　你痴想为受苦人解脱灾难
　　　　他们都希望多闭会眼睛
　　你可以双手托出生命
　　　　他们连笑容都不肯施舍

　　　　让他们哗然讥笑
　　你别忧愁　别苦恼　向前去
　　　　蓝天下洁白的鹤群只顾飞翔
　　哪有杂心听原野上蟾蜍的轰鸣

　　　　愚昧的讥笑
　　无耻的飞沫
　　　　廉价的可怜
　　都不应该属于你的
　　消瘦的愁容骑士

　　我在诗差不多写完后的第十个年头，才第一次读到这首诗。这时候，堂哥已经三十多岁了，他开导我这个十七岁的堂弟，用一种诗人的狂热为我开窍，一定要我明白过来，仅仅觉得堂吉诃德可笑的想法是不对的，那绝对是一种错误的理解。在小时候，我一直觉得堂吉诃德太傻，稍稍大了一些，多少明白一些事了，又开始觉得堂吉诃德可笑。觉得别人可笑这也是一种不小的进步,就算是到了今天,说起堂吉诃德不觉得可笑几乎也是不可能的,然而在我十七岁的岁月里,我的诗人堂哥却坚持要让处于青春期的堂弟明白,堂吉诃德不仅不傻,而且不可笑。说老实话,他并没有真正地说服我,起码是没有一下子就说服我,当时我更敬佩的是堂哥那首矫揉造作的诗,甚至盖过对《堂吉诃德》本身的喜欢。我所能记住的,是自己正在从英雄主义的泥沼开始往外走,那时候我已经不喜欢"八个样板戏"了,不喜欢那些国产的"高大全"英雄人物,听见那些高亢入云的喊叫就感到别扭。

正是从十七岁开始,我和流行的文学时尚变得格格不入。我从《堂吉诃德》的阅读中,开始逐渐欣赏到文字的乐趣,开始享受故事。在此之前,堂吉诃德只是电影连环画上的那个形象,高高的,瘦瘦的,留着山羊胡子,还是一个真人扮演的漫画形象。很显然,小说《堂吉诃德》要丰富得多,也要有趣得多,但是正是因为这种丰富和有趣,准确地理解就要复杂和困难得多。说老实话,一下子就读懂堂吉诃德这个艺术形象,显然不是件容易的事情。对于我来说,一切才刚刚开始,要弄明白堂吉诃德还需要一个漫长的过程,要耐着性子把这本厚厚的小说读完,读完之后,还要掩卷深思。说老实话,我是在自己尝试写作以后,才对这本书的理解不断地加深。

对于堂吉诃德的理解并不是一步到位的,要反复看,不断地想,堂吉诃德才会越来越有血有肉,才会成为一个活生生的文学人物形象。我想不仅读者需要这样的一个过程,恐怕连作者也很难排除这种因素。我总觉得，艺术上的很多伟大之处，很可能是在后来才发现，在刚开始写堂吉诃德的时候，作者大约也没有想那么多，塞万提斯或许只是觉得即将写出来的东西会很有趣，会是一本很好玩的著作，于是就这么一气呵成地往下写了，思绪万千，想到哪写到哪。黄河之水天上来，奔流到海不复回，也许塞万提斯更多的是在想，如何让自己的写作激情淋漓尽致地发挥出来，如何很好如何有力地挖苦一下当时流行的骑士小说，正像他在序言中借朋友的口吻夸奖的那样，他的小说只求把故事说得有趣，让人家读了这故事，能"解闷开心，快乐的人愈加快乐，愚笨的不觉厌倦，聪明的爱它新奇，正经的不认为无聊，谨小慎微的也不吝称赞"。

很显然，阅读和写作都有一个共同的起点，这个起点就是有趣，没有趣就没有艺术。没有趣就没有艺术的创造，也没有艺术的欣赏。因为有趣，我们写作，因为有趣，我们阅读。我一向怀疑那些喜欢拿自己作品说大话的人，多少年来，文学的作用总是被别有用心地夸大了，正像"利用小说作为反党的工具"的实际作用不大一样，事实上，借助文学作品干不了什么惊天动地的大买卖。离开了有趣，文学可能什么都不是，有趣是坚实的大地，只有在有趣的基础上才能长出参天的大树，有趣是蓝天，只有在有趣的背景下雄鹰才能展翅翱翔。长期以来，无论是写作还是阅读，都有一种直截了当的功利意识在作怪，占着主导地位的都是实用主义思想，这种思想的根基就是利益原则，是看它们有用或者没用，写的人信誓旦旦地说明自己要干什么，像包治百病的药品广告一样，读的人言之凿凿想要得到什么，于是成了胡乱服药的病人。

　　为什么我们会陷入英雄主义的泥沼？很显然，是相信看多了英雄人物的事迹以后，我们自己也会顺理成章地成为英雄。无论是打算教育别人，还是自己准备接受教育，都有一种走近路的原始冲动。大家似乎都想把原本很复杂的事情弄得非常简单。英雄成为一种冠冕堂皇的借口，而文学艺术作品则简单地成为思想教育的课本，成为一种思想手册。于是阅读和写作便离开了有趣，离开了潜移默化，人物不再生动，情节不再曲折，于是从事写作的人一个个都板着面孔，像课堂上思想僵化的老师，像传教士，索然无味喋喋不休，阅读的人一个个都像正襟危坐的小学生，像无心念经的小和尚，人坐在那里上课，思想早不知跑到哪里去了。

　　我读大学的时候有个玩得还算不错的朋友，因为是恢复高考才入学，年龄已经不小，或许过去读书不多的缘故，在学校里显得非常着急。他当时脑子里想得最多的，就是如何让自己迅速深刻起来，嘴里反复念叨的也是："我要深刻，我要深刻！"作为一个写小说的人，我虽然会编故事，关于这个同学的事情绝不敢夸张。他知道我家里书多，急吼吼地找到了我，蹭了一顿饭，然后从我那里一下子卷走了一大摞书，有翻译的世界文学名著，有伍蠡甫主编《西方文论选》，有丹纳的《艺术哲学》，有《莎士比亚评论汇编》，有侍桁翻译的《十九世纪文学之主潮》，还有唐人的诗集和宋人的词选，还有一本厚厚的世界名画加上两盘贝多芬的磁带。他对我强有力地挥着拳头，说它们都是最好的精神食粮，好像有了这些玩意，立刻就会充气一样深刻起来。然后便一去不返，仿佛从来没发生过这件事一样，当然不是人消逝了，冤有头债有主，人跑不了，他仍然在你眼前转悠，仍然高喊"要深刻"，而是卷走的那些东西从此易主，就这么被他强行据为己有。他当时留给我的印象，是天天一大早起来跑步，然后又吃人参，又吃西洋参，又补钙，又输公鸡血，又吃大力丸，又吃伟哥，反正是中了邪的样子，什么书都读，什么书都读不进去。如今我这位朋友已经是个级别不小的官员，官场得意，一有机会就请我吃饭，说起大学时代的故事，往事不堪回首，我没笑，他自己就会先快乐起来。

4

在一个英雄主义流行的年代里，真正读懂《堂吉诃德》是件很困难的事情。我的堂哥对这本名著的解读，仍然也未离开英雄主义的窠臼，但是不得不承认这已是一种十分高明的解读。

《堂吉诃德》究竟是一本什么样的著作呢？毫无疑问，它是一本有趣的书，那些有趣的故事足以引诱大家津津有味地看下去。阅读这样一本书，读者通常不太会去考虑自己正在接受什么思想教育，起码我当年就是这样。有趣符合人类的天性，是人都有追逐有趣之心。是人就会有一种想表达的愿望，是人就会有一种要欣赏的愿望，正是这两种愿望引起了创作和阅读的冲动。《堂吉诃德》究竟能给我们一些什么样的启发呢？和那些喜欢说大道理的小说不一样，在一开始我们除了觉得有趣之外，好像什么深刻的启示也没有得到。一本好书的本质应该是通俗的，绝不应该在一开始就把读者吓跑。我们看不出主人公有什么高明之处，恰恰相反，读者恨不能跳到小说里去开导那位固执的骑士。我们都会觉得堂吉诃德有些傻，说老实话他真的很可笑，是十足的缺心眼，他和风车搏斗，向狮子挑战，把羊群看作魔鬼，把妓女看作世上最贞洁的女人，解放了一个奴隶，最后却被这个奴隶所诅咒。读者站在一个正常人的角度上观察一切，用世俗的标准衡量着堂吉诃德。读者在阅读的时候，是无动于衷的看客，是个局外人，居高临下，心情愉快而轻松，远离愚蠢和可笑。我们以为自己一下子就读明白了这本书，这样通俗易懂的故事也许根本就不难理解，丝毫没有意识到在轻松有趣的外衣里面，还裹着一个深刻的内容。

就像读完一部长篇小说需要时间和精力一样，真正理解《堂吉诃德》同样需要付出一些代价，只有当我们耐着性子把小说读完以后，才突然发现原来很多事情并不像读者想的那么简单。不妨再回过头来考察一下作者塞万提斯先生的态度。与我们读者所理解的差不多，塞万提斯似乎也是以一种十分愉快轻松的心情开始他的小说创作。在一开始，堂吉诃德被作者处理成一个不折不扣的小丑，随时随地出洋相，到处洋溢着喜剧气氛。如果说在一开始，塞万提斯只是觉得他写的东西好玩，觉得他的小说可以让读者"解闷开心"，是对一部伟大的作品不够恭敬,是歪曲甚至是诽谤,但是事实恐怕也就是如此了。读这本书,我最大的体会就是,作者开始时并不认真,他只是越写越认真,越写越当回事。很多伟大的作品都可能这样,在一开始,这是一本反英雄的小说,渐渐地却走向反面,又成了一本新的英雄小说。是写作本身让作家变得深刻起来,塞万提斯本来想说一个与英雄不相干的故事,他的本意是挖苦和调侃风靡一时的骑士小说,"这种小说,亚里斯多德没想到,圣巴西琉也没说起,西塞罗也不懂得",而且"不用精确的核实,不用天文学的预测,不用几何学的证明、修辞学的辩护,也不准备向谁说教,把文学和神学搅和在了一起"。但是,正是因为这种漫不经心,传统的英雄定义被颠覆了,新的英雄概念又被作者重新定义。

好的小说,不需要"哲学家的格言",不需要"《圣经》的教训"。塞万提斯标榜的只是,描写的时候要模仿真实,模仿得越真实越好,越亲切越好。他以一种愉快轻松的心情开始说故事,说着说着,问题才逐渐变得严重起来。作家常常是通过写作重新认识生活的,塞万提斯创造了堂吉诃德,堂吉诃德不仅给他带来了写作的欢欣,更重要的是,还带来了思维的乐趣。换句话说,塞万提斯是通过写作《堂吉诃德》,才一步步地看清了堂吉诃德的真实面目,他写着写着,突然发现堂吉诃德与自己原来所设想的并不是完全一样。他发现堂吉诃德再也不仅仅是个滑稽可笑的小丑,而这本书的风格也不再是嘲笑声不断的轻喜剧。问题突然就变得严重起来,人物的性格也开始变得复杂。奇迹是在作家的写作过程中发生的,当塞万提斯重新回到自己写作的出发点，回到讽刺骑士小说的这个逻辑起点时，他突然发现小说的味道已完全改变。

　　写着写着，堂吉诃德已不再可笑，可笑的只是，我们竟然会傻乎乎地觉得堂吉诃德可笑。我们在笑别人，不知道最该笑的却是我们自己。事实上，只有当我们觉得自己可笑的时候，我们才可能"由于神手一指而突然得见天光"。喜剧最后成了悲剧，成了残酷现实生活的真实写照，塞万提斯突然发现原来最糟糕的一点，竟然是我们都不能理解堂吉诃德。我们都没有意识到堂吉诃德性格中崇高的那一面，或许因为这种崇高不过是借助滑稽来表现的，大家便稀里糊涂地一笑了之。在堂吉诃德身上存在着那种伟大的自我牺牲，而人们在不经意之间嘲笑的恰恰就是这精神。崇高往往可以让那些不崇高的东西原形毕露，就像我堂哥在他的那首诗中描写的一样，我们都是一些空空的躯壳，心灵枯竭就像泥泞的沼泽，没有正义，没有爱恋，没有力量，没有情感，空空的壳呵，像树下的一堆蝉皮。塞万提斯突然发现在一大堆没有灵魂的人中间，只有堂吉诃德是一个为理想而活着的人，这种人无论是在过去，还是在当时，以及在未来，都显得像濒临灭绝的珍稀动物一样罕见。塞万提斯突然意识到堂吉诃德的可贵，他的可贵在于始终能有信仰，在于全身心地浸透着对理想的忠诚，从来也不准备放弃，虽然投入的是一场注定要失败的战斗，虽然无休止地陷入滑稽可笑甚至是屈辱的境况。

　　《堂吉诃德》的伟大之处，是通过笑声来表达一种思想。塞万提斯试图通过笑声，通过一系列的失败，通过种种磨难，表达人类在追求理想时的尴尬境遇，再现我们身陷的普遍处境。我们看到了崇高狼狈不堪的一面，也看到了崇高百折不弯的一面。我们终于在笑声中明白过来，为什么堂吉诃德不愿意放弃，而人类之所以会有今天，艺术之所以能达到这一步，恰恰就是因为这种不放弃。笑声和可笑之间有着很大的区别，这是理解《堂吉诃德》的钥匙，否则我们将无法解读这部世界文学名著。因此，这不仅是一部有趣的书，而且还是一部有着深刻思想的艺术作品。也就是说，它具备一部好书的两个基本要点，既要有趣，又要有思想。从有趣的码头启程出发，经过艰难跋涉，最后便驶入思想的港湾。艺术就是绕弯子，就是走远路。艺术就是追求那些不可能的事情，在某种意义上来说，艺术家都是堂吉诃德，我们的写作都是在和风车决斗，都是在和魔鬼较量。事实上，只有经过了痛苦的摸索，经过作家认真摹写，经过读者认真研读，重新回到起点的时候，我们才会有一种柳暗花明的感觉。没有这样的过程，省略了这样的劳动，就没有写作或阅读的快乐。

海涅给了塞万提斯非常高的评价，把他尊为"现代长篇小说之父"，认为他通过撰写一部使旧小说惨遭覆灭的讽刺作品，"为我们称之为现代小说的文学形式提供了一个光辉的范本"。塞万提斯太老了，他与莎士比亚同一年去世，生存年代与写《三国演义》的罗贯中和写《金瓶梅》的兰陵笑笑生相仿佛，那显然是一个十分遥远的过去。李杜诗篇万口传，至今已经不新鲜，海涅眼里的现代小说，在我们今天挑剔的读者眼里，早就应该属于古典无疑，早就老掉牙了，早就老态龙钟步履蹒跚，但是我丝毫也不认为这些已经属于传统的东西,有什么过时和陈旧的地方,真正的艺术品永远都在散发青春光泽,只不过是我们视而不见罢了。

雨果难忘

1

雨果显然不是法国最好的小说家,却是第一位让我如痴如醉,让我爱不释手的法国作家。我抄了许多雨果著作中的格言,这些格言直接影响了我的世界观。毫不夸张地说,如果没有雨果,没有《悲惨世界》,没有《九三年》,天知道我会变成什么样子。今天的中学生,很难想象"文化大革命"中的读书生活。那是个文化的沙漠,读什么书,都得躲起来偷偷欣赏。喜欢读书的人在那个时代是怪物,十有八九的图书馆都被关闭了,书架上供人阅读的都是政治读物,或是大批判文章,或是样板戏剧本。世界文学这一概念,在当时似乎不存在。

我读的第一本雨果著作是《笑面人》。一个中学生,一个渴望读书又没有书读的中学生,捧起了《笑面人》,立刻被小说中迎面而来的人情味吸引住了。当时有个经常被批判的词组今天已经听不见，这就是"资产阶级人性论"，雨果的罪状正好是宣扬这种所谓的人性论。

我们家藏着差不多所有翻译过来的雨果著作。"文化大革命"初期，这些书都被抄家抄去了，隔了几年，因为翻修房子，没地方放，又退还给我们。刚开始，还没有被"解放"的父亲不让我读书，尤其不许读翻译过来的外国小说。他不想让我接触这些禁书。藏书曾经是父亲的命根子，是他一生中引以为豪的东西。也正是因为读了这些书，被灌输了书中的思想，他才"有幸"成了一名"右派"。

父亲不让读，我就自己偷着读。《笑面人》只是我无意中的发现。从《笑面人》开始，一发而不可收，我一本接一本地偷看雨果的著作。记得最先摘抄的是雨果的诗，然后是《死囚末日记》，然后是《布格-雅加尔》，然后是《巴黎圣母院》，然后是《悲惨世界》，最后是《九三年》，雨果有些矫情而且过于外露的诗句，高度戏剧性的情节，充满哲理的格言和对话，十二分地激动着我。雨果的作品对于我来说，成了文化沙漠中的绿洲，我像今日的追星族那样，完全被雨果的人道主义思想光芒所折服。我当时不能想象还会有比雨果更伟大的作家。

雨果最辉煌的著作是《悲惨世界》，当时还没有全译本，只出了四卷，最后一卷，由于"文化大革命"的突然开始，也许还积压在了出版社。反正没有了这最后的一卷，我为可能有的结尾，做过种种猜想。一本你喜欢的书，不能知道它的最终结局，实在是一种折磨。多少年以后，我对雨果的热情已经消失，这带着结尾的最后一卷才姗姗出现,时过境迁,我已不想再读它了。

雨果的著作中,我最喜欢的是《九三年》,真是一边读,一边流眼泪。因为父亲不让我读外国小说,我便在夜里偷偷地读。那时候正好睡在书房里,父亲根本管不住我。他很快便发现我的胆大妄为。当时他戴罪工作,替剧团写那种永远也不可能写好的剧本,天天开夜车,有时写得难受了,便下楼散步。他站在窗外,不声不响地看我读书,有时忍不住了,便敲敲玻璃窗。

有趣的是,父亲的禁令表面上很严厉,在雨果的魅力面前,很快就对我名存实亡。他明知道我半夜里看书,第二天就跟没事一样,也不戳穿。敲了好几次玻璃窗以后,有一次,他一本正经地审问我:

"你在看什么书?"

我笑着说没看什么。

他板着脸说:"哼,没看什么!"

这事就算过去。吃饭时,父亲会莫名其妙冒出一句,说你又瞎看书了。说了也就说了,来势不凶,我也不在乎。书照样要看,越看越入迷,越入迷越忘乎所以,终于有一天忍不住,老气横秋地对父亲说,雨果的《九三年》是世界上最伟大的书。

父亲说了什么,我已记不清。说什么都不重要,对我来说当时最重要的是雨果。

2

  以上的文字写于一九九四年二月三日,关于雨果,我确实还有许多话可以说。不知道现在的学生还喜欢不喜欢在小本子上摘抄名人格言,我小时候摘抄得最多的大约就是雨果的警句。在雨果的著作中,到处都是闪烁着思想光芒的句子,你只要拾蘑菇似的弯下腰来,立刻俯拾即是,不一会工夫便是满满一箩筐。如果有人问中学生最适合看什么样的世界文学名著,我会毫不犹豫地告诉他读雨果。

  雨果的作品是最好的少年文学读物,这么说,丝毫没有轻视的意思。我始终认为雨果的小说对青少年世界观形成,有很大的好处。写到好处的时候,顿时有些不安,因为我一向认定,以利益为准则诱惑别人读书是不对的。这是把一件本来十分高尚的事情,弄得庸俗化了,民不畏死,奈何以死惧之。我不过是说说个人的经验,王婆卖瓜,自卖自夸,你可以相信,也可以不相信。记得我看了《笑面人》以后,就抄过了这样一些精句,譬如"要国王有什么用?你们把王族这个寄生虫喂得饱饱的,你们把这条蛔虫变成了一条龙",又譬如"一个赤身裸体的女人,就是一个全面武装的女人",大约是这些意思,因为我已经找不到当年的那个小本子,而书橱里的《笑面人》早不知哪去了,《悲惨世界》也不在了,这恰好证明我是喜欢向别人推荐雨果,并且深受卖弄之害。一个处于青春期的孩子摘抄了这样的句子,他的母亲看了显然不会太乐意，尤其是在"文化大革命"那样的背景下。事实也是如此，小时候因为喜欢看小说，喜欢看外国小说，我母亲常常叹气，说我跟堂哥学坏了，她觉得我小小的脑袋瓜里，都是资产阶级的思想。

但是我仍然要说雨果的作品对中学生有好处。有人说，"文革"一代人都是吃狼奶长大的，这话我并不完全同意。起码我身边有不少人都是在孜孜不倦地读世界名著，在谈雨果，在谈巴尔扎克，在谈陀思妥耶夫斯基。那时候，一本好书可以悄悄流传，大家废寝忘食，真正是用心去阅读，不像今天，中学生就知道应付考试，玩电子游戏机，世界文学都搁在书架上做样子。我记忆最深的是《九三年》，上中学的时候，因为没什么事可做，我对这本书简直是到了如痴如醉的地步。现在一想起来都觉得好笑，当时真是一边流眼泪，一边在摘抄。这本书中有着大量精彩的对话，大段大段的对话几乎全是慷慨激昂的演说词，一说就是一页两页，它们对我的影响远远超过了教科书。虽然已经过去了几十年，我仍然还会梦到那个辉煌的最后场景。这是《九三年》的结尾部分，太阳高高地升了起来，郭文高傲的头颅被按在断头台上，痛苦不堪的西穆尔登拔出手枪，在最后关头，用一粒子弹洞穿了自己的心脏。那是一个让孩子可以放声痛哭的壮丽场面，一连多少天，我都感到心里堵得难受，以至于上课的时候，老师在黑板前有气无力地讲工业基础知识，我的心思却好像还在刑场上，耳边仍然回响着子弹呼啸的声音。

雨果的小说洋溢着火一样的激情，他的文字从一开始就在燃烧,从头燃烧到尾。对于中学生来说,没有什么比这更值得一读。就小说吸引人的程度来说,除了雨果外,我印象深刻的还有这样一些作家,譬如高尔基的自传三部曲,譬如大仲马的《三个火枪手》和《基督山恩仇记》,譬如金庸的武侠作品,这些小说,都是逼着你要一口气读完。如果我是程度不高的中学生,你不拿真正好玩的东西来引诱,我才不会上当。我绝不会因为别人说了几句漂亮的大话,用棍棒逼着我,或者给我吃了一块糖,就会硬着头皮去啃那些看不下去的文学名著。平心而论,你不能说卡夫卡的小说不好,你不能说福克纳的小说不是国际水平,可是一定要唆使中学生去读他们的小说,效果恐怕只能是适得其反。你显示了你的学问,结果却是把中学生的胃口搞坏掉了,让孩子得了"厌食症",结果你以后再说什么,别人也不会相信你。

寓教于乐实在是迫不得已的事情。不仅是对于中学生,对于天下所有识字的人,大约都是这个道理。捆绑不成夫妻,立刻成亲也必须本人愿意才行。由于年龄不同,生活经历不同,文化程度不同,对"乐"的感受也不尽相同。我想适合中学生看的读物不外乎两个要求,一是要好看,要让中学生爱不释手,最适合的例子就是雨果。另外一个是要有思想,要有教育意义,这同样首推雨果。当然,前一个要求更重要,因为说老实话,我还真的很少看到一点教育意义都没有的图书。只要是个写文章的人,心里多少都会有些救世的浅薄想法,世界上最没道理的人,也喜欢在文章中说道理,说那些没有道理的道理。对于中学生来说,最重要的还是让他们狼吞虎咽地往下看,而且有一点真是可以放心,孩子的天性都是好的,好东西绝对可以吸引他们,对好东西,孩子们往往比我们更容易感动。

3

记得我当时也曾很喜欢《嚣俄的情书》,嚣俄就是雨果,这是一种比较古老的翻译,看上去怪怪的。在我的中学时代,爱情可是一个不太好的字眼,那年头好像谁都不敢说这个词。今天的人说起"人道主义"理直气壮,头头是道,然而在当年,通通都是"资产阶级人性论"。雨果和他的小情人定情的时候,他才十七岁,小情人十六岁,这岁数就是搁在今天,也应该算是早恋了。早恋也没耽误了这位伟大的作家,两家虽然是世交,双方大人并不是很赞成这桩婚事。爱情非得有些波澜曲折才有意思,这雨果大约天生是要当作家的,只要逮着了一个写作机会,他的才华立刻就展现了出来。要知道,写情书也能够提高写作水平,而且非常有效,从定情到结婚,也就三年多一点,雨果写给未婚妻的信,竟然可以编成厚厚的一本书。在这些火一般的情书中,雨果对他的未婚妻解释着什么叫诗:

> 诗,是德的表现。良好的灵魂和华美的诗才几乎是分不开的。诗是人灵魂里发出来的,它可以用善良的行为,也可以用美丽的辞句表现出来。

雨果对于诗做出了自己的解释。他认为诗存在于思想里面，而思想出自灵魂。在雨果看来，爱的伟大并不比诗逊色，诗句不过是穿在健美身体上的漂亮外衣。健美的身体再配上漂亮外衣，这是雨果作品最好的写照。在雨果的情书中，有着大量充满了哲理的好句子，或者说有着数不清的"漂亮外衣"。不妨想一想，他那时候也就只是十七岁多一些，警句格言张口就来，思想的火花像暴风雨中的闪电一样闪个不停。面对如此才华横溢的少年，如果我是一个女孩，也会想要迫不及待地嫁给他。偷看一个人的情书，似乎是一件不道德不光彩的事情，但是我当时还是忍不住偷窥之欲。很显然，雨果在写这些情书的时候，并没有想到后人会看到它们。这些信像熊熊燃烧的烈火，结果我一边读着信，一边也移情别恋，陷入了与自己毫不相干的爱情之中。

　　我曾对你写了一封长长的信，阿黛勒啊，它是伤感的，我把它撕了去。我写它，因为你是世间唯一的一个我可以很亲切地谈着一切我的痛苦和一切我的疑惧的人……

这好像是我自己在给心爱的女孩子写情书。显然是版本太老的缘故，翻译的句子疙疙瘩瘩。受这些句子的影响，我一度文字风格也是这样弯七扭八。雨果的情书和他的小说是同一种风格，不管三七二十一地倾诉着，仿佛从来也不知道什么叫节制。在雨果的小说中，始终洋溢着情书一样的激情，对于中学生来说正是这种激情诱惑着他往下看。《巴黎的秘密》的作者欧仁·苏在读了《巴黎圣母院》以后，写信对雨果大唱赞歌，他觉得雨果无论是在表达思想方面，还是遣词造句方面，都显得太奢侈、太豪华，或者说是太浪费。欧仁·苏告诉雨果，批评他的人很像是五层楼上的穷人，他们高高在上，看见楼下一个大阔佬在任情挥霍，十分恼火，怒不可遏地说，这家伙一天所花的钱，够我用一辈子了。欧仁·苏这是变着法子拍马屁，以此来证明雨果小说的内容丰富。

"卓越的天才自来便引起卑鄙的妒忌和荒谬的批评，"欧仁·苏安慰雨果说，"没有办法，先生，光荣是要付出代价。"

事实上，欧仁·苏并没有说到点子上。或许他只是透露出了一个信息，就是作为同行，他羡慕甚至有些嫉妒雨果的成功，而且也蠢蠢欲动，琢磨着自己应该怎么样写。奢侈和豪华正是雨果成功的秘诀，读者爱不释手恰恰也是因为这一点。《巴黎圣母院》的影响是空前的，一版接着一版地印刷，出版商接踵而来，要求雨果为他们提供新的作品，雨果应付不了，于是只好胡乱弄几个书名蒙人。在《巴黎圣母院》之后，雨果宣称与之有关的两部后继作品预告了三十年，最后连影子都没见到。这样的例子在文学史上十分少见，我一直不太明白雨果为什么不乘胜追击，大写特写长篇小说，而是见好就收，一歇差不多三十年。雨果并没有果断地抓住战机，迅速巩固胜利成果，占领小说家的高地，却轻而易举放过了这个大好机会，结果反倒是别人后来居上，在《巴黎圣母院》问世的十年之后，欧仁·苏推出《巴黎的秘密》，一炮而红，成为当时比雨果更有名的小说家。

4

也许是因为诗歌和戏剧在当时更能给雨果带来声誉。雨果似乎不屑于在小说上与人争短长,对别人的成功他无动于衷,在《巴黎圣母院》之后的三十年中间,雨果主要是写诗歌和戏剧。这是一个巨大的谜团,我始终没有真正地解开过。另外有一种说法,那就是雨果其实一直偷偷地在和欧仁·苏较劲,《巴黎的秘密》获得了比《巴黎圣母院》更大的成功,雨果要写,就一定要写一部能压过它的作品,因此这一憋就是三十年。这三十年中,欧仁·苏渐渐江郎才尽,盛极而衰,最走红的作家交椅让给了大仲马。这三十年中,还有不可一世的巴尔扎克,像工业生产一样,创作了一大批有力的作品。就一个小说家而言,雨果可以说是大器晚成,笑到了最后。在小说创作领域,他成名早,成器晚,虽然不到三十岁的时候,已写出了自己的成名作《巴黎圣母院》,但是在三十年以后,到六十岁的时候,不急不慢地推出了另一部更伟大的作品《悲惨世界》,才确立自己在小说界的霸主地位。这以后,他一发不可收,又写了《海上劳工》,又写了《笑面人》,最后是《九三年》。一步一个脚印,每一步都扎扎实实,都让人惊叹。

写完《九三年》,雨果已是一位七十岁的老人。作为一个普通读者,不会去想为什么在《巴黎圣母院》和《悲惨世界》之间,有着三十年的一大段空白。这是一个可以研究的课题,我对它产生兴趣，或许与自己也是作家有关。世界上并没有什么无缘无故的事情，事实上，和巴尔扎克不一样，和很多优秀的小说家不一样，雨果快到六十岁，才将自己文学创作的全部辎重，投入到了小说的主战场上。在此之前，他挥霍掉的东西实在太多了一些。在最年富力强的三十年里，雨果更大的兴趣只是在戏剧和诗歌方面，对于他来说，两者常常可以合二为一，他戏剧中的台词就是现成的诗。这期间，雨果不过是有一些断断续续的小说念头，断断续续地写了一些小说的章节。戏剧给他带来巨大的声誉，《艾那尼》之争成为文学史上的大事，成为浪漫派戏剧战胜古典派戏剧的经典战役。在当时，一个戏剧作者要比小说家光彩夺目得多。

　　拥有声誉和光彩的最直接后果，就是金钱和美女的双双获得，雨果曾是一个模范的丈夫，一个合格的父亲，可是成功导致他变成了一个不折不扣的花花公子，变成一个让人瞠目结舌的老色鬼。除了没完没了地和女演员勾勾搭搭外，雨果似乎没有放过一切可以到手的机会，他不放过那些崇拜者，不放过女佣，不放过街头的流莺，甚至将自己学生的女儿也据为己有。虽然有一种解释，认为雨果之所以会这样疯狂，是报复自己的妻子与人通奸，而且与当时的社会风气分不开。关于这个话题，我没有多少话可讲，想说的只是自己曾一直以为雨果在道德方面是个完人，因为最初我只是通过小说来认识他，在他的小说中充满了正义，满纸深刻的思想。文如其人这句话真不能太当回事，我忘不了自己初读《雨果传》时的震惊，做梦也不会想到心目中那个一身正气的作家，在私生活方面会如此不堪。雨果对名誉的追逐，对权力的向往，让所有崇拜他的人都觉得心里很受伤。因此，我虽然赞成中学生读雨果的小说，却坚决反对中学生读关于他的传记。

雨果的文学道路几乎包括了整个十九世纪，他比巴尔扎克小三岁，与大仲马同年，可是比他们谁都活得更长。现在大多数人常常念叨雨果的重要原因，还是因为他的长篇小说，但是雨果活着的大多数日子里，更让他露脸大出风头的，却是那些并不怎么样的戏剧。那些充满诗意的戏剧今天大多不忍卒读，那种夸张，那种过分的戏剧冲突，已经不可能再入观众的法眼。事实上早在当时，雨果的戏剧就已经乐极生悲，从流行的顶峰一下子跌落下来。他从来就是一个充满争议的人，他的戏剧上演时，永远是嘘声和掌声同在，在一开始的交战中，每次都是掌声最后占了上风，但是渐渐地，他的戏剧终于失去了号召力。我说这些，并不是轻视戏剧艺术，而是遗憾雨果未能把自己更多的精力放在小说上。戏剧观众的热情左右了雨果先生，剧场里的欢呼声让他忘乎所以，以至于他根本就看不到潜在的小说读者的热切愿望。在雨果的晚年，巴黎举办万国博览会，为了展示法兰西民族最优秀的东西，又一次重演了《艾那尼》，又一次引起轰动，但是这种轰动充其量也就是一次浪漫主义戏剧的回光返照，人们再次热烈鼓掌，不是因为《艾那尼》的内容，而仅仅是因为《艾那尼》拥有的那段历史，仅仅是为了向小说家雨果欢呼，这时候，他的《悲惨世界》和《海上劳工》正处于洛阳纸贵的地步。

幸好雨果在晚年突然想到了他的小说读者。三十年的小说创作空白加上文人无行，所有种种一切，都没有阻拦他晚年的火山爆发。雨果此时又一次用雄伟的小说为自己奠定了更结实的根基。在过去，雨果是法国最重要的诗人，最重要的戏剧家，现在，他在前面两个头衔之外，又稳稳地获得了第三个头衔。他现在是法兰西最重要的小说家，是全世界最重量级的小说家。雨果身上的小说才能，经过三十年的积累，像火山一样喷发了，他一下子就登上了顶峰，一挥手就把那些强劲的对手都掀翻了。《悲惨世界》的诞生是长篇小说历史中的一件大事，雨果名利双收，这之前，拉马丁、大仲马、欧仁·苏，无论是谁写小说赚的钱都比他多，现在终于轮到雨果出一口恶气，他不仅自己获得了丰厚的稿酬，也让出版商狠狠赚了一大票。

虽然我曾经被雨果年轻时写的《巴黎圣母院》所吸引，但是毫无疑问，更能吸引我的还是他晚年那一连串强有力的小说。如果没有晚年的这些小说，没有《悲惨世界》，没有《笑面人》，没有《九三年》，雨果对我来说就没什么意义。没有晚年的小说，雨果不可能跻身大作家之林，《巴黎圣母院》太浪漫了一些，写这本书的时候，雨果太年轻了，因为年轻，所以稚嫩。一个伟大的作家只有一部这样的书是远远不够的。当然，年轻并不意味着什么都错。这个世界永远是属于年轻人的，年轻人是雨果的本钱，是他要征服的对象。雨果属于那种为年轻人写作的作家，为年轻人写作也让他的写作心态永远保持年轻，这也是雨果为什么在晚年还能大写特写的秘密。事实上，当我被多产作家这个恶谥烦扰的时候,就情不自禁地会想到雨果,就会想到多写并不是什么大不了的错误,关键还在于是否能够写好。晚年的雨果居然还能青春焕发,常常给我一种要努力写作的信心,我佩服雨果那种一往无前的勇气,《悲惨世界》出版之前,出版商希望删去其中的一些议论,雨果坚决拒绝了,他信心十足地说:

轻快浮浅的喜剧只能获得十二个月的成功,而深刻的喜剧会获得十二年的成功。

这观点无疑是正确的,事实证明,雨果的长篇小说即使是在一百二十年之后,仍然还是成功的艺术作品。

5

早在《巴黎圣母院》刚出版的时候,已进入垂暮之年的歌德便在同爱克曼的谈话中,表达了对这本书的不满。歌德认为它"完全陷入当时邪恶的浪漫派倾向",觉得自己必须花很大的耐心,才能忍受他在阅读中感到的恐怖。在已经八十多岁的歌德眼里,年轻气盛的雨果是多产和粗制滥造的代表,说他在一年之内,居然写出了两部悲剧和一部小说,因此不可能不越写越糟糕。

何况这部书是完全违反自然本性,毫不真实的!他写的所谓剧中角色都不是有血有肉的活人,而是一些由他任意摆布的木偶。他让这些木偶作出种种丑脸怪相,来达到

站在金字塔尖上的人物

所指望的效果。这个时代不仅产生这样的坏书,让它出版,而且人们还觉得它不坏,读得津津有味,这究竟是一个什么样的时代啊!

这些指责虽然一针见血,却也失之偏颇。歌德太老了,他看不惯雨果的横空出世,结果只愿意表扬雨果"描绘细节很擅长,这当然还是一种不应小看的成就"。文学每当出现一些新鲜玩意的时候,都可能导致这样那样的批评,浪漫派小说出现时是这样,写实派小说出现时也是这样。如果是在中学时代,读到歌德的批评文字,我一定会跟他结下私仇。那时候,我无法想象还有比雨果更好的小说家。可是等我知道歌德这些批评的时候,已经快大学毕业了,当时不要说浪漫派小说已吸引不了我,现实主义小说也早就不入法眼了。我满脑子都是现代派小说,再也犯不着跳出来为雨果打抱不平。说老实话,一个人的阅读趣味,并不是一成不变的。一个人自有一个人的看法,时间变了,环境变了,以往的那些感觉就不会再有,喜新厌旧也就在情理之中。尤其当你也开始脚踏实地地进行创作,对写作这件事有了切身感受以后,过去很多观点,都会发生根本的改变。时至今日,我对雨果的看法,已经一变再变又变。要让我还像中学生时代那样去读雨果的作品,已绝对不可能,我不止一次尝试过重读雨果,可是每次都是半途而废。过去,在雨果的小说中,我不断地得到启发,一次次被感动,现在,却是不断地看出问题,到处都能发现毛病。

歌德批评雨果很重要的一点,是因为"除美的事物之外,他还描绘了一些丑恶不堪的事物"。显然最让歌德反感的就是敲钟人加西莫多这一艺术形象。我并不赞成歌德的观点,事实上,他所说的那些缺点,在我看来都不是什么问题。丑陋的事物可以进行描绘已经不用讨论,多产更不是罪名。有很多例子都足以证明,多产和少产与写作质量并没有什么直接关系。多和少都可能写好或写坏,简单地以数量来评论好坏,其实都是非常外行的话。写作是一种燃烧,不同的人不同的创作方式,发出的热能也不尽相同。很显然,雨果也知道要创造出"有血有肉"的人物来,谁都知道写出来的人物像木偶一样不对,按照我的想法,这些浅显的道理雨果不是不懂,而是不知道在技术上如何才能达到。不光是雨果,整个十九世纪的大作家,都或多或少地存在着这方面的问题。歌德作为一块火眼金睛的老生姜,轻而易举地就发现雨果的稚嫩之所在,在这一点上,后来的读者很容易与伟大的歌德达成一致。

十九世纪文学与二十世纪文学相比,在塑造和表现人物的技术层面上,显然要逊色得多。写作水平和阅读水平是互动的,在水平都已经提高的今天,我们会自以为是地觉得雨果小说只适合打动中学生,实际上可能连这简单的目的都达到不了,因为今天的中学生根本不屑看雨果。这是一个很难说出口的事实真相。这个真相足以提高我们的自信,让人狂妄,又会让我们感到尴尬,感到无所适从。作为写作者,现代小说家的技术在突飞猛进,技巧已成为一个喋喋不休的话题,然而自我燃烧的能力却在明显降低。作为阅读者,审美的趣味提高了,口味也变得更加挑剔，被感动的程度却降到了最低。二十世纪的文学获得了技术，却失去了十九世纪的生机勃勃。二十一世纪的文学前景看不出有任何好转的迹象，社会在进步，书店里的图书在一天天增加，然而无论阅读还是写作，在原始冲动方面似乎都出现了严重障碍。技术的进步不可能解决一切难题，有时候，进步反而会成为一种累赘，变得腐朽无力，就好像美食理论不能解决食欲不振，性技巧改变不了阳痿状态，技术越来越发达，离文学的本性也越来越远。有些困难，就算是雨果重新活过来，恐怕还是解决不了。或许正因为这些，热爱文学的人，阅读或写作，生在雨果时代是幸运的，生在这时代的法国更加幸运。

想起了老巴尔扎克

1

初读老巴尔扎克是在一九七四年，那一年我十七岁，脑子里最美好的小说家是维克多·雨果。我阅读了雨果的大多数作品，如痴如醉地在本子上胡抄乱画。十七岁这一年对我文学上的长进至关重要，意味着我正在告别浪漫主义小说，步入更为广阔的新小说世界。那是读书无用的年代，我高中刚毕业，没有大学可以上，没有工作，对前途既不悲观也不乐观，时间多得像是百万富翁。在祖父的辅导下，我同时读了巴尔扎克的《高老头》和托尔斯泰的《战争与和平》。那个年代像我这年纪，读完《战争与和平》可不是件容易的事，实际上这部人类史上最伟大的史诗，我读到第三卷就再也读不下去。我不明白祖父说的好与了不起究竟藏在什么地方。

使我爱不释手的是《高老头》，这本书要好看得多，很轻松地就读完了，从头至尾趣味盎然。对于一个十七岁的文学少年来说，名作家巴尔扎克如此容易接受，真让人想不到。我一连读了好几本巴尔扎克的小说，有的好看，有的并不好看。差不多全是傅雷翻译的，扉页上有毛笔留下的笔迹，毕恭毕敬地写着他的名字，那是他送给祖父的签名本。记得还有北大教授高名凯的译本，和傅译比起来，简直就是不忍卒读。

巴尔扎克诱惑我的时间并不长久。我开始大量地阅读世界名著，目的不是想当作家，甚至也不是为了提高所谓的文学修养。我拼命读名著的直接原因，就是想在和别人吹小说的时候，立于高人一等的不败之地。说起来真是好笑，巴尔扎克当时只是我吹牛的资本和砝码。真正迷恋巴尔扎克是在我自己开始写小说，那已是二十世纪七十年代末，我从一个无知的文学少年，过渡为一个货真价实的文学青年。读了太多的二十世纪小说以后，我自以为是地认定十九世纪的小说已经完全过时，满脑子海明威福克纳萨特加缪，开口闭口现代派意识流新小说黑色幽默。时至今日，我最喜欢的仍然是美国小说，二十世纪的美国小说生气勃勃，充满了创新意识。然而完全是出于偶然，老掉牙的巴尔扎克，突然给了我一种全新的刺激。我重读了《欧也妮·葛朗台》，让人吃惊不已的是，在这部极其简单的小说中，竟然蕴藏了丰富的绝不简单的东西。

巴尔扎克最容易给人们留下某种错觉，仿佛他只会批判现实，老是在喋喋不休地谴责金钱，好像对钱有着刻骨仇恨，虽然事实上他和同时代的人一样爱钱如命，并且让人失望地追逐功名。我第一次在巴尔扎克的小说中读到了全新的思想,这全新的思想就是人们嘴里已经谈得有些可笑的爱。在许多注明爱情小说的书本里,我们读到的是人的欲望,是灰姑娘的故事翻版,是市民的白日梦,甚至是偷鸡摸狗的掩饰。爱在崇高的幌子下屡屡遭到污辱。《欧也妮·葛朗台》引起了我对巴尔扎克一种新的热情。我情不自禁地又一次读了令人震惊的《高老头》,又一次读了《幻灭》,读了《贝姨》,读了《搅水女人》。傅雷的译本像高山大海一样让我深深着迷。我不止一次地承认过,在语言文字方面,傅雷是我受惠的恩师。巴尔扎克的语言魅力,只有通过傅译才真正体现出来。是傅雷先生为我提供了一个活生生的巴尔扎克。

在字里行间,在汪洋恣肆的语言宫殿里,在一个对理性世界充满怀疑的年代,我开始重新思索老掉了牙的爱。从表面上看,欧也妮付出的代价是爱,得到的却是不爱,"这便是欧也妮的故事,她在世等于出家,天生的贤妻良母,却既无丈夫,又无儿女,又无家庭"。作为一名极普通的女子,欧也妮的爱使人终于想起圣母玛利亚。正如高老头对女儿的爱让我们想起基督一样,在巴尔扎克的笔底下,爱是无理智,无条件。爱是一道射向无边无际世界的光束,它孤零零奔向远方,没有反射,没有回报,没有任何结果。爱永远是一种可笑幼稚的奉献。欧也妮"挟着一连串善行义举向天国前进",小说的意义根本不在于表现谁是否得到爱,也不仅是表现谁有没有付出爱,巴尔扎克在无意中探讨了爱的本义,探讨了爱的尴尬处境,探讨了爱的最后极限。高老头对女儿的爱和女儿对他的不爱,这对矛盾关系揭示了人类令人失望的事实真相,爱并不会因为无结果就失去夺目的光辉,金钱可以使爱扭曲,荣誉地位可以使爱变形,然而爱的本义却永远也不会改变。巴尔扎克对于今天的读者来说,的确有些太古老。他那高度写实力透纸背的技巧今天看来已经有点啰里啰唆,但是我却在他的作品中读到了最具有现代小说意义的特征,读到了最古老话题的新解释。重读巴尔扎克使我获益匪浅,无论是欧也妮,还是高老头,还是于洛男爵夫人,还是伏脱冷,或者是拉斯蒂涅,或者是吕西安,我得到的理解就是,就像弗洛伊德发现情欲可以作为一种原动力一样,虽然巴尔扎克发现金钱欲的巨大作用,但是他的小说首先是爱,其次才是批判或者别的什么东西。

　　对巴尔扎克的入迷使我有机会想入非非,再也没有什么比罗丹的雕像更能抓住巴尔扎克的本质。那是一个被睡眠折磨得无可奈何的大师神态,他被莫大的幻想迷惑和惊吓,蒙眬的睡眼,嘴唇紧闭,一头失魂落魄的乱发,抖动他的病体就像抖动他的那件睡衣一样。这是一架疯狂的写作机器,仿佛传说中的那位令人惊骇的独眼怪物。他以非凡的创造力建构了一个全新的世界,巴尔扎克是这个凭空创造出来的奇迹世界的君王,正如勃兰兑斯极力赞美的一样,他拥有自己的国度。就像一个真正的国家一样,有它的各部大臣,它的法官,它的将军,它的金融家、制造家、商人和农民,还有它的教士,它的城镇大夫和乡村医生,它的时髦人物,它的画家、雕刻家和设计师,它的诗人、散文作家、新闻记者,它的古老贵族和新生贵族,它的虚荣而不忠实的情人,可爱而受骗的妻子,它的天才女作家,它的外省的"蓝袜子",它的老处女,它的女演员,它的成群结队的娼妓。

巴尔扎克所创造的世界成了后来无数作家的梦想。一个固定的文学词汇产生了,这就是"巴尔扎克式的野心"。是否具有不同凡响的创造力,成了我们检验一个好作家的唯一标准。除了令人眼花缭乱的众多人物之外,巴尔扎克小说形式的多样化,同样让后来的作家感叹不已自愧不如。他不是仅靠一两部小说维持自己声誉的小说家,他的绝技生龙活虎般地体现在他的一系列作品中。就像一滴水也能反射出太阳的光辉一样,巴尔扎克的好小说中几乎都有震撼人心的场面,都有几个了不起的人物,它们都具有原始质朴的纯情,都以一种永不疲倦的执着和追求而不朽。

自从文学上出现了巴尔扎克以后,要想成为大作家,再也不是一桩轻而易举的事。巴尔扎克式的野心刺激着那些在文学上试图能有一番作为的人。小说作为一门独立的科学,一门独立的艺术,正在越来越博大精深,越来越趋于成熟和完整。巴尔扎克是小说史上最耀眼的一块里程碑。我常常不知不觉地陷入痴想,想入非非头昏脑涨,目瞪口呆不知所措。因为有了伟大的巴尔扎克,我们可怜兮兮的脑袋瓜里,我们那支胆战心惊的笔,还能够制造出一些什么样的小说来,我们还能怎么写,这个命题将折磨我们一辈子。

2

　　以上文字写于很多年前,因为当时没有记录日期,现在似乎已很难考证,记得是为《艺术世界》杂志的约稿而作,我说自己谈不了什么艺术问题,就谈谈巴尔扎克吧。重温旧作,不由得想到了巴尔扎克的葬礼,那是我大脑中挥之不去的一连串的意象,仿佛亲历者一样清晰。和雨果辉煌的葬礼相比,巴尔扎克的葬礼实在是太寒酸。在这个寒酸的葬礼上,不但冷清,而且匆忙,茨威格在《巴尔扎克传》中写道:

　　　　在倾盆大雨之中他的尸体被送到墓园里去。他的妻子当然是不太了解他的内心的,因为除了雨果之外,还有仲马·阿力山大,圣提-柏夫和巴洛兹部长来执绋。这三个人之中没有一个和巴尔扎克有亲切的友谊。圣提-柏夫曾经是他的最恶毒的敌人,他所真正怀恨的唯一敌人。

　　或许正是因为这个原因,雨果在巴尔扎克的墓地面前,作了一番言辞激烈的演说。这篇著名的演说词被选进了今天的中学课本,每当我想起对一个作家最好的评价时,就情不自禁会想到这篇文章。雨果给了巴尔扎克极高的评价,作为小说家同行,他知道自己这一次绝不是什么例行公事的阿谀奉承。在这种冷清和匆忙的气氛中,雨果知道他必须大声地说些什么,这位擅长演讲的小说家用诗一般的语言宣布:

唉！这位惊人的、不知疲倦的作家，这位哲学家，这位思想家，这位诗人，这位天才，在同我们一起旅居在这世上的期间，经历了充满风暴和斗争的生活，这是一切伟大人物的共同命运。今天，他安息了。他走出了冲突与仇恨。在他进入坟墓的这一天，他同时也步入了荣誉的宫殿。从今以后，他将和祖国的星星一起，熠熠闪耀于我们上空的云层之上。

很难说雨果与巴尔扎克之间有什么亲切的友谊。巴尔扎克逝世的时候，只有五十一岁，这位不知疲倦的作家终于走到生命的尽头。在雨果的这番演讲中，我所看到的，不只是一个作家对另一个作家的礼赞，还有一个作家对另一个作家创作成就的畏惧。一个真正的内行知道他面对的是个什么样的伟人，毫无疑问，雨果明白在自己的这个时代，最好的作家不是欧仁·苏，不是大仲马，不是乔治·桑，甚至也不是他雨果。他们一群人加起来，甚至都没办法与伟大的巴尔扎克相比，老天爷终究是公平的，尽管在生前，巴尔扎克取得的荣誉，无法与他们中间任何一个作家火爆时期相比，但是历史将证明，十九世纪的法国，真正能够执牛耳的还是巴尔扎克。十九世纪是人类文学历史的高峰，巴尔扎克属于那种站在金字塔尖上的人物。

记得最初读到雨果的《巴尔扎克之死》的时候，感受深刻的是雨果"手执柩衣的一根银色流苏"，走在灵柩的右边，大仲马走在另一边。这是具有历史意义的镜头，可惜除了文字外，我们今天只能借助想象力去丰富这个场面。《巴尔扎克葬词》和《巴尔扎克之死》是一个人在同一时期写的两篇不同质的文章，前一篇着眼于伟大的巴尔扎克的未来，后一篇却只是把目光落到了死者的生前，落到巴尔扎克临死的那一刹那。当然，我更喜欢这后一篇，因为在短短的篇幅里，雨果用他有力的文字，刻画了死神如何降临，在阴森恐怖的气氛中，我们仿佛听到了黑暗里死神悄悄来临的脚步声，处于弥留之际的巴尔扎克喘着粗气，是那种"很响的不祥的嘶哑喘气声"，手上全是汗，雨果挤压它的时候已全然没有反应。一个伟大的生命就要结束了，好像只是到了这一刻，悲哀的读者才突然意识到巴尔扎克原来也是一个有着肉身的普通人，他曾经是那样强大，可再强大的人也毕竟不是死神的对手。

《巴尔扎克之死》是一篇黑色的速写，是一篇带着复杂感情写下的文章，欲言又止的字里行间，流露出了巨大的疑问。和《巴尔扎克葬词》不同，雨果这一次并没有一个劲地说好话，知道仅仅说好话并不足以表示尊重。虽然是纪念性质的文章，他甚至不无讽刺地说了巴尔扎克几句。雨果提到了他们此前不久曾经有过的一次谈话。在谈话中，巴尔扎克责备了雨果，说他不应该轻易放弃那个仅次于法国国王头衔的法国贵族院议员头衔。这时候的巴尔扎克已经病入膏肓，但是仍然满怀希望，相信自己能够复原，仍然像年轻人一样向往着那些俗世的荣耀和光辉。在雨果眼里，巴尔扎克对荣誉竟然会是那么在乎，以至于都显得有些俗气。很显然，这两个人是相互羡慕，雨果羡慕他写了那么多优秀的作品，羡慕他已建立了一个属于自己的文学帝国，因为这时候的雨果虽然大名鼎鼎,可是除了《巴黎圣母院》,其他重要作品都还没有写出来。而巴尔扎克恰好相反,在著作方面似乎已经不缺什么了,羡慕的只是雨果那样的成功,他妒忌雨果的名誉和地位,妒忌雨果所获得的一切。人们总是羡慕和妒忌自己所缺乏的东西,即使是伟人也不能免俗。

在雨果的笔底下,临终前的巴尔扎克毫无光彩照人之处。我不认为雨果是在借这篇文章挖苦巴尔扎克,虽然在两位作家之中,我更喜欢巴尔扎克,可是如果我是雨果,也会毫不犹豫地留下这些文字。真实的摹写永远是有力的。雨果描写了刚刚富裕起来的巴尔扎克,描写了他如何在人生的最后关头,还在念念不忘地卖弄自己刚布置好的"富丽堂皇"的豪宅,坚持要让雨果参观他的藏画。你无法想象巴尔扎克有时候也会那么孩子气,会那么庸俗,比自己小说里的那些人物还要可笑。你无法相信一个伟大的人物,竟然也会有如此渺小和不堪的一面。垂危前的巴尔扎克只是一个典型的暴发户,既可笑同样也是可悲的,他的致富原因并不是因为自己的小说创作,而是靠了那个乌克兰富孀德·韩斯迦夫人。伟大的巴尔扎克成了一个吃软饭的男人,对于一个伟大的小说家来说,没有什么现实状况比这更让人尴尬。巴尔扎克和这个富有的寡妇结了婚,他苦苦追求的爱情,终于有一个很不错的结局,然而,伴随着幸福同时到达的却是他的"行将就木"。

巴尔扎克似乎天生就不配享受俗世里的幸福。我更愿意相信他是一个为了写作理想活着的人,只有在写作的时候才谈得上伟大。仿佛一个被罚流放的苦刑犯人,他的苦刑就是没完没了的写作,一旦苦刑结束,生命的意义也就到了尽头。和畅销书作家欧仁·苏相比,和大仲马相比,同样用小说挣钱,巴尔扎克一直是个穷光蛋。注定只能是债务缠身,看别人发财,看别人轰动,他写了那么多的字数,那么多本书,却远不如别人的一本书更有名利。肯定已经有人注意到债务和一个伟大作家的对应关系。通常我们都相信,硬写是写不好的,可是事实的真相却毫不含糊地告诉读者,世界上很多伟大作品都是硬写出来的。除了巴尔扎克为还债赶稿子,还有伟大的陀思妥耶夫斯基也是这么做的。

　　巴尔扎克一生都生活在债务的阴影下,面对期票的追逼和高利贷的盘剥,无论精神上,还是实际生活中,他都是个穷得只能给喜儿买根红头绳的杨白劳。显然预约的东西太多,奢望太高,他永远是过高估计了自己的偿还能力,以至于一本新书忙完了,甚至连抵债都不够。破产、拍卖、倒闭、躲债,这些字眼像恶狗一样追随着巴尔扎克。他一生都在做着发财美梦,像一根胡萝卜在前面诱惑一头拉磨的驴子那样,这种梦想成了写作的动力,如果巴尔扎克吃到了那根胡萝卜,如果真的发了财,恐怕也就没有《人间喜剧》。梅花香自苦寒来,我宁愿相信巴尔扎克在物质世界遭遇的种种惨败,都是老天爷为了成全他故意安排的。一切都是天意,一切已经命中注定,在写作上他是个无与伦比的天才,可是只要与钱沾上关系,与名誉和地位搭界,巴尔扎克就会立刻变得可笑起来。在小说的世界里,他对人性弱点分析得那么透彻,对经济研究得那么精通,可是在现实生活中,在对物质世界的追逐中,只能不断地留下笑柄。

3

巴尔扎克在小说世界中创造的奇迹,后人大约永远也超越不了。他是文学界的成吉思汗,指挥着他的蒙古大军,在小说领域所向披靡。巴尔扎克的文学野心无人能够阻挡,而让人最羡慕的也正是他的这种狂妄野心,正是这种野心,激发了无穷无尽的创造力。没有文学野心的人没必要当作家,然而野心是一回事,实际可能又是另外一回事。作家永远会过高地估计自己,马尔克斯在写《霍乱时期的爱情》时曾向世人宣布,他要用古典爱情小说中的所有技巧,来塑造一本全新的爱情小说。这是一个适合媒体报道的话题,在一本新书尚未问世之前,先透露作者的写作野心,让喜欢他的读者迫不及待。事实上,什么才是古典爱情小说的所有技巧,这是个纠缠不清的话题,读者显然没必要把这种事太当真。

为了更好地读懂一本小说,了解作者的真实处境是必要的。文学史上给了巴尔扎克极高的评价,我总觉得这种高度赞美,和作者本人的自吹自擂多少有些关系。对于大多数读者来说,真正阅读完巴尔扎克的小说几乎是不可能的,我常常扪心自问,提醒自己不要跟着舆论瞎跑。小说就是小说,千万不要太当回事。巴尔扎克是个造假高手,是个说大话的天才,后人对他许多带有模式的定评,实际上都是他自己最先放风放出来的。最经典的例子,就是巴尔扎克借着评价司各特,为自己的文学大厦大做广告。在《人间喜剧》前言中,巴尔扎克欲擒故纵,先把司各特抬到一个惊人的高度,说"他将小说提高到了历史哲学的水平",然后笔锋一转,指责他"没有构想出一套体系"。换句话说,司各特尽管伟大得让人五体投地,但是,因为"没有想到将他的全部作品联系起来,构成一部包罗万象的历史",因此就不能做到"其中每一章都是一篇小说,每篇小说都标志着一个时代"。巴尔扎克想告诉我们,正是这种衔接不紧的缺陷让他豁然开朗,突然发现了"有助于编撰我的作品的体系,以及实施这套作品的可能性"。

  《人间喜剧》的体系实在是太庞大,读者所能熟悉的,大约只能是"风俗研究"这一个部门。我至今也闹不明白巴尔扎克在"哲学研究"和"历史研究"这两大部门里说了些什么。毫无疑问,他的重要作品已都收在"风俗研究"里,我们感兴趣的也就是他的那些"风俗研究"。这就好像进入展览馆,我们实际上总是停留在一个展厅里,对另外两个展厅视而不见,甚至可以忽略不计。事实也是这样,大家喋喋不休,谈起巴尔扎克小说中的"哲学"和"历史",通常提到的也都是"风俗研究"里的一系列作品,譬如大家经常要说的《欧也妮·葛朗台》《高老头》《夏倍上校》《家族复仇》《搅水女人》《于絮尔·弥罗尔》《贝姨》《邦斯舅舅》《幻灭》《农民》等。《人间喜剧》的构想大得有些离谱,巴尔扎克每天工作十几小时,也只完成五分之三,而没有完成的那些内容,可能都属于"哲学研究"和"历史研究"这两大部门。一八三四年,巴尔扎克三十五岁,正是写作的最好年头,他授意年仅二十七岁的达文为自己刚完成一半的《十九世纪风俗研究》写序。据说巴尔扎克亲自对这篇序言做了许多补充和修改,因此研究者认为这篇著名的序言,差不多就是巴尔扎克本人撰写的。在这篇文章中,达文引用了一段巴尔扎克平时常唠叨的话,对司各特的批评更加直截了当:

这个伟大的苏格兰人,尽管他伟大,但他只不过陈列了许多精心雕刻的石头,在这些石头上我们看到可惊叹的形象,我们再一次瞻仰了每个时代的天才;差不多所有这些都是崇高的;但是,建筑物在哪里?在瓦尔特·司各特的作品中,我们看到了一种惊人的分析的吸引人的效果,但是缺少综合。他的作品与小奥古斯丁街的展览馆很相像,在那里,每件物品本身都是华美的,但不与任何东西相关,不服从任何整体,一位天才的创作的才能若不与能调整他的创作的能力相结合,就不是完全的。只有观察和描绘是不够的,一个作家在描绘和观察时必须有一个目的。

作家的野心是想通过自己的作品,在文学史上获得一席之地。要让作品在流沙上像一棵树那样耸立,按照巴尔扎克的观点,你必须是"司各特并身兼建筑师"。很长时间里,我对巴尔扎克的话坚信不疑,而且相信,一个人想成为作家,最好的典范便是像巴尔扎克一样辛勤劳作,扎扎实实地去建筑属于自己的文学大厦,而不应该是小心翼翼地装潢每一个房间。如果说我今天仍然像过去一样坚信不疑,仍然像过去那样毫无保留地崇拜巴尔扎克,显然是没有说老实话。无论是我的阅读经验,还是写作经验,都让自己的文学观点有了一些多多少少的变化。司各特先生向读者陈列了许多精心雕刻的石头,批评他的巴尔扎克也没有能够避免重蹈覆辙。说句不客气的话,文学大约也就只能如此了。事实上,真正的读者在阅读的时候,对文学大厦本身并没有太大的兴趣,有兴趣的只是那些想借助巴尔扎克说事的哲学家、政治家和经济学家,当然还有某些吃文学评论饭的评论家。多年以来,巴尔扎克一直是被文学以外的颂扬声所包围,对于普通读者来说,有没有文学大厦这个空架子并不重要,人们走进展览馆,目的还是要看到那些精美的物品,享受这些精美物品才是人们来到展览馆的真实目的。

见大不见小,不一定完全错,但至少有些片面。正是从巴尔扎克开始,对作家的要求突然提高了,作家头衔一下子变得神圣起来,头上顿时就有了光环。巴尔扎克提高了文学的品位,但是也带来了一系列严重后果。大家都用评价巴尔扎克作品的方式评价文学作品,于是阅读成了一种经验,成了一门学术,成了验证能否直接接受教育的方法,成了寻找自己适用资料的搜索。阅读本身已经不太重要了,重要的只是评价,重要的只是排名,重要的只是是否获得答案。读者成了街头评头论足的老大妈,人人都是能说会道的评论家。读者不用再走进展览馆,只要远远地站在外面看个大概就行了,大家不去欣赏展览馆里那些精

想起了老巴尔扎克

美的物品,而是一本正经地站在大街上评价建筑物,比较谁的房子高,谁的房子大。我们总是很容易被一些似是而非的观点所左右。一些名声远扬的高大建筑物,有时候是一些皇帝的新衣,很可能根本就不存在。我想巴尔扎克的高明之处,也许就在于用自己的野心勃勃,先把我们彻底地搞糊涂。他大约知道阅读既是一件有趣的活儿,同时又是一件辛苦的差事,我们不可能把他的王国游览完,因此索性放开胆子来吹牛。很显然,巴尔扎克比任何人都清楚,他的大厦永远也不会真正地完工。他向读者许诺着自己的大厦如何富丽堂皇,然而我们见到更多的只是一些蓝图,只是一些房子的轮廓。巴尔扎克知道有时候,有些蓝图和轮廓就已经足够了。

不管怎么说,我们都要感谢作者的狂妄野心。正是这种不切实际的野心,激发了无穷无尽的创造力,是野心让巴尔扎克像着魔一样地写个不停。按照我的想法,巴尔扎克更像堂吉诃德骑士,他的那些匠心独具的写作理论也像。后来的人给了巴尔扎克太多的评价,他获得的荣誉无人可比,但是,我并不觉得他只是为了获得这些荣誉才写作。一个人可能为写作而着魔,也可能为荣誉而着魔,这两者之间是有着本质区别的。有时候,两者看上去差不多,却绝对不是一回事。我更愿意相信是写作本身的魔力吸引住了巴尔扎克,事实上,一个人真正投身于写作的时候,荣誉已经变得不重要。

伟大的巴尔扎克的幸运在于,他生前并没有被荣誉所伤害,不是不愿意,是因为没有这样的机会。对于巴尔扎克来说,荣誉

77

更多的是可望而不可即，野心始终只是野心而已。在荣誉的辉煌面前，他更像是个被打入冷宫的怨妇。巴尔扎克总是不能被人真正理解，虽然死后的声誉与日俱增，但是在生前，他也就是个能写和会说大话的家伙。他的不温不火的知名度，恰好可以让他源源不断地工作下去。为了生存，为了还债，为了追求心爱的女人，为了证明自己，他都必须得写。巴尔扎克永远处于不得不写的状态之中，一根胡萝卜总是在鼻子前面晃悠，这就是他必须面对和应该获得的现实。

4

对于我来说，巴尔扎克的意义，不仅在于创造了丰富的文学世界，还在于他作为一个作家的工作方式。这种工作方式用戈蒂耶的话来说，就是绞尽脑汁，凭借超人的意志，"加上勇士的气魄和教士一般深居简出的生活"。在巴尔扎克的野心勃勃后面，我所感受到的是一种深深的沮丧，换句话说，与其说是野心在鼓舞，还不如说是沮丧在激励，正是这种失意的沮丧让他喋喋不休，没完没了地为自己的作品做出解释。巴尔扎克在小说的序言中，一次次从后台直接蹿到前台，明白无误地表达着自己的创作思想，在小说中也一再借助人物的对话，直截了当地表明他的文学观点。被读者理解从来就不是一件容易的事情，巴尔扎克所做的努力，颇有些"我拿青春赌明天"的意味，这句流行歌词很好地体现了他的创作心态。处于沮丧中的巴尔扎克把自己

交给了未来,在和达文的谈话中,他信心十足地说:

> 但是,要记得,在今日要活在文学里,不是天才的问题,而是时间的问题。在你能与读者中持有健全的见解而善于判断你的大胆的事业的人成为知音之前,你必须久饮痛苦之杯;你必须容忍别人的嘲笑,忍受不公正;因为有见识的人的无记名投票(通过这种投票你的名声才能受到推崇)是一张张地投来的。

信心是一回事,实际情况又是另一回事。指望"无记名投票"并不是一件靠得住的事情,在巴尔扎克时代,达文为他受到的不公待遇大声疾呼,在达文眼里,巴尔扎克作为最优秀的作家,却没有享受应该得到的最优秀待遇。持有健全见解的读者都不知跑哪去了,这个时代竟然变得如此急功近利,根本就不允许作家有巴尔扎克那样远大的追求。大家的眼睛都虎视眈眈地盯在巴尔扎克作品的瑕疵上面,这样做的结果注定了巴尔扎克只能默默无闻地工作,像头畜生一样,"既无奖励亦无报酬",悄悄地攀登奥林匹克的顶峰。幸运的作家写一本书火爆一本书,写一本书快活一辈子,巴尔扎克写一本书刚够抵债,因此他不得不寄希望在未来的一天,自己能一下子"收获二十年被忽略的劳动的奖赏"。

"久饮痛苦之杯",最后修得正果,这并不是巴尔扎克故事中最精彩的乐章。他的伟大意义在于认准了一个目标,一条道走到黑,不管是否能够实现都没有放弃,是野心也罢,是信心也罢,反正他没有被沮丧击败,没有被社会的流言打倒。巴尔扎克的故事给人的启发恰巧就是,前途是光明的,道路是黑暗的。但是,即使前途是黑暗的,也没有什么大不了。最后是否成功并不重要,我更愿意相信"活在今日的文学里"是个"时间问题",不过是一种自我安慰,因为并不是所有在黑暗中摸索的写作者,都有巴尔扎克那样的幸运,并不是什么人都能攀登到文学的顶峰上去。不以成败论英雄,一个人生前不能得到的东西,身后显然也就不重要了。现实世界里,并不是什么人都能收获到自己被忽略的劳动的奖赏。今天的时代远比巴尔扎克时代更急功近利,我们从事文学事业,很可能只是久饮痛苦之杯,根本没有好的果实在前面等待去收获,然而这并不足以证明我们应该就此放弃。

契诃夫的夹鼻镜

1

大约还是个小孩子的时候,就知道契诃夫是非常好的作家。或许也可以叫作潜移默化,反正大人们都这么说,听多了,不受影响几乎不可能。契诃夫在我最初印象中,是书橱上一大排书,各种各样版本,大大小小厚厚薄薄,汝龙通过英文翻译的那套二十多卷本最整齐。当然,再也忘不了那张经典照片,正面照,头发微微向上竖起,大鼻子上架一副眼镜。父亲跟我详细解释过这种眼镜,它不是搁在耳朵上,是夹在鼻子上,夹的那个位置一定很痛,因此眼镜架上总会有根链子,平时搁上衣口袋,要用了,拿出来夹鼻子上。外国人鼻子大,夹得住,不过还是会有意外,譬如正喝着汤,一不小心掉下来,正好落在汤盘里。

一向不愿意回答家庭对我的文学影响,很多人都喜欢追问,喜欢就这话题写成八卦类的小文章,其实真谈不上有什么太大影响。不知不觉中，大人们总会跟你灌输一些看法，他们说的那些成人观点，他们的文学是非，你岁数小的时候根本听不懂。譬如说契诃夫最好的小说是《草原》，是《六号病室》，最好的剧本是《樱桃园》，是《海鸥》，是《万尼亚舅舅》。我的少年阅读经验中，契诃夫从来不是有吸引力的作家，他的书都竖排本，《草原》虽然写了孩子，可是并不适合给孩子阅读。至于剧本，更没办法往下看，戏是演给观众看的，那些台词要大声念出来才有效果。如果在我青少年时代，契诃夫的戏剧可以上演，我们直接观摩看戏，而不是面对枯燥的剧本，结局完全不一样。

断断续续总能遇到一些契诃夫的小说，他的短篇最适合编入教材，最适合用来给学生上课。对西方人是这样，对东方人也是。我们说一部好的短篇小说，要有批判精神，要有同情心，要幽默，要短小机智，所有这些基本元素，都可以轻易在他小说中找到。我一个堂哥对契诃夫的看法跟我父亲差不多，他觉得能把契诃夫晚年的几篇小说看懂了，把几个好剧本读通了，就能真正明白这个作家是怎么回事，就会立刻知道什么才是最好的小说家，什么才是最好的剧作家。

在我的文学影响拼图中，契诃夫确实尴尬，肯定有他的位置，而且也还算相当重要，可是总有些说不明道不白。无疑是位经典作家，是一位你不应该绕过去的前辈，可惜课堂上的契诃夫常常一本正经不惹人喜爱，成为一个批判现实主义的符号。换句话说，在我的读书时代，选择让大家阅读的契诃夫作品，都不是太让人喜欢，我不喜欢《套中人》，不喜欢《凡卡》，不喜欢《小公务员之死》。老师讲得津津有味,我却在课堂上读别人的作品。毫无疑问,契诃夫身上汇聚着一个作家的许多优点,在我看来,仅仅有一点已足够,那就是"含泪的微笑"。有点泪,有点微笑,一个作家有这点看家本领足够了。

我不太喜欢小说中的讽刺,不太喜欢小说中的批判,它们可以有,也可以没有。不喜欢的理由是它们还不能完全代表优秀。我不喜欢小说的居高临下,不喜欢它自以为是的优越感。对于同情和怜悯也一样,一个作家不应该仅仅是施善者。在上帝面前,我们都是不幸的,同时我们又都很幸运。我不认为小说家必须是个思想家,是说道理的牧师,是阐释禅经的和尚,是把读者当作自己弟子的孔老二。一个好作家如果还有些特别,就是应该有一双与别人不太一样的眼睛,他能看到别人容易忽视,或者别人从来就没看到的东西。有时候,重要的不只是真相,而是你究竟想让别人看到什么。

据说契诃夫逝世不久,熟悉他的人已开始为他眼睛是什么颜色展开热烈争论,有人说是黑色的,有人说是棕色的,还有人说更接近蓝色。对于没有亲眼见过契诃夫的人来说,这永远都会是一个八卦。对于那些见过契诃夫的人,因为熟视无睹,同样还可能是个疑问。

2

真相总是让人难以置信,契诃夫对我更多的只是一种励志。

现在说出来也不丢人,我的文学起点很低,最初的小说非常一般。除非你是个天才,大多数从事文学的人,都会有一个很低的起点。我们都是普通人,都是常人,都会有这样那样的天生缺陷。刚开始学习写作,我很希望自己能写《第六病室》和《草原》那样的作品,那时候,我的脑海里有着太多文学样板,可供挑剔的选择太多。相对于俄国古典文学,我似乎更喜欢二十世纪的美国作家。在俄国文学中,契诃夫可能还算年轻,但是他的年龄,也比鲁迅的老师章太炎先生还要大九岁。不妨再比较一番,鲁迅已经不算老了,然而他的岁数,居然还可以是海明威和福克纳的父辈,因此,作为文学新手的我们,追逐更时髦更年轻的文学偶像无可非议。

我从来都不是个有文学信心的人,作为一名文二代文三代,注定了会眼高手低。文学野心是最没用的东西,是骡子是马,你得遛过了才知道。小说只有真正写了,你才会知道它有多难写,你才会知道它们是多么不容易。好东西都可遇不可求,古来万事贵天生,没有技巧是最好的技巧,这些可以是至理名言,也可以变成空洞大话,变成偷懒借口,真理常常会堕落成邪门歪道。因此,看到自己小说中的种种不足,发现小说写得那么不如意,你只能跟自己较劲,只能咒骂自己。笨鸟必须先飞,勤能补拙功不唐捐,不是文学天才的人,只有"多写"这一条胡同,哪怕是条死胡同。

契诃夫就是这方面最好代表,是文学起点低的最好代言人。如果我没记错,他不止一次说过,自己从一个三流作家,逐渐步入了一流。毫无疑问，什么话都是相对，契诃夫的三流，在很多人看来早已属于一流。这个话题不宜展开，也说不清楚，反正多写总归不会有错，契诃夫最大特点就是多写，他的窍门就是写，真刀实枪操练，好坏不管写了再说。很多人喜欢把文学的位置放得非常高，弄得过分神圣，神圣过了头，就有点神神鬼鬼。文学改变不了社会，拯救不了别人，它能拯救的只是你自己。写作就是写，用不着选好日子，用不着三叩九拜，用不着沐手奉香。写好了是你运气，写不好再继续努力。

年轻的契诃夫写了一大堆东西，自然不是为了故意三流，他只不过是喜欢写。喜欢才是真正的王道，喜欢写作的人，三流一流本来无所谓，不像有些人，他们对文学并不热爱，或者说根本就谈不上喜欢，他们从事文学，仅仅为了当一流的作家，为了这奖那奖，为了反腐败，为了世道人心，为了拯救似是而非的灵魂。契诃夫是学医的，他玩文学完全业余，是为了贴补家用，是因为走火入魔喜欢写，三流一流的话题也是说说而已，对他来说没有意义。

中国现代文学史上的巴金和丁玲，属于一炮而红，相同例子还有曹禺，都是不鸣则已，一鸣惊人。他们大大咧咧走上了文坛，上来就登堂入室，就等着日后进入名人堂。他们好像都没经过让人有点难堪的三流阶段，与契诃夫例子差不多的是沈从文，沈先生远没有上述几位作家的好运气，他能够苦熬出来，多年媳妇熬成婆，一是靠自己的笨办法，多写拼命写，还有就是靠文坛上的朋友帮忙推荐。他的创作道路是个很好的励志故事，沈先

站在金字塔尖上的人物

生曾经说过，一个人只要多写，认真写，写好了一点都不奇怪，写不好才奇怪。记得年轻的时候，退稿退得完全没有了信心，我便用沈先生的话来鼓励自己。为什么你会被退稿，为什么你写不出来，显然是写得还不够多，因此，必须向前辈学习，只有多写，只有咬着牙坚持。有时候，多写和认真写是我们唯一可控的事。出水再看两腿泥，沈先生和他的文学前辈契诃夫一样，如果不是坚持，如果不能坚持，他们后来的故事都可以免谈。

契诃夫出生那年，一八六〇年，林肯当了美国总统，英法联军攻陷北京，一把火烧了圆明园。太平天国还在南方作乱，大清政府惶惶不可终日，两年前签订的《瑷珲城和约》，就在这一年正式确认。此前还一直硬扛着不签字，说签也就签了，这一签字，中国的大片区域，成了俄国人的"新疆"，而库页岛也就成了契诃夫与生俱来的国土。熟悉契诃夫小说的人都知道，如果他不是去那里旅行，世界文学史便不会有一篇叫《第六病室》的优秀中篇小说。

考虑到只活了四十四岁，考虑到已发表了大量小说，一八八八年，二十八岁的契诃夫基本上可以算一位高产的老作家了。这一年，是他的幸运之年，他在《北方导报》上发表了中篇小说《草原》。此前他的小说，更多的都发表在三流文学期刊上，《北方导报》有点像美国的《纽约客》，有点像中国的《收获》和《人民文学》，想进入纯文学的领地，必须要到那去应卯。契诃夫闯荡文学的江湖已久，从此一登龙门，点石成金身价百倍。他开始被承认，被得奖，得了一个"普希金文学奖"。这奖在当年肯定是有含金量,大约也和我们的鲁迅文学奖差不多。

3

《草原》和《第六病室》是中篇小说中的好标本,是世界文学中的珍贵遗产,说是王冠上的明珠也不过分。如果要选择世界最优秀的十部中篇小说,从这两部小说中选一个绝对没有问题。

文学的江湖常会有些不成文规则,有时候,一举成名未必是什么好事。譬如巴金,大家能记住的只是《家》,而他此后做的很多努力,都可能被读者所忽视。以文学品质而论,巴金最好的小说应该是他后期创作的《憩园》,是《寒夜》。那种近乎不讲理的误读,不仅发生在一炮而红的作家身上,而且会殃及苦苦地写了一大堆东西的作家。很多人其实并不怎么关心契诃夫在他真正成名前,曾经很努力地写过什么。同样的道理,大家谈论沈从文,是因为《边城》,谈论纳博科夫,是因为《洛丽塔》。

代表作会让阅读成为了一种减法,而减法又是省事和偷懒的代名词。以一个同行的眼光来看,一个优秀作家,他的所有作品,都应该是作者文学生命的一部分。一个人也许要吃五个包子才会饱,不能因此就说,光是吃那第五个包子就行了,对有些作家来说,你真不能太着急,你就得一个包子接着一个包子吃,非得慢慢地吃到第五个,你才会突然明白写作是怎么回事。火到猪头烂,马到才成功,好的买卖往往并不便宜。伟大的纳博科夫与海明威同年,这一年出生的作家还有阿根廷的博尔赫斯,还有中国的老舍和闻一多,如果仅仅是看成名,纳博科夫成名最晚,晚得多,他的《洛丽塔》出版时,已是我这把年纪的老汉,已经接近了花甲之年。

话题还是回到契诃夫身上,他就是一名干写作活的农夫,只知耕耘不问收获。刚开始可能还是为了些小钱,到后来,作为一名医生的他,如果不是因为热爱,不是喜欢干这个活,完全可以放弃写作。中国人谈写作,过去常常要举鲁迅的例子,常常要举郭沫若的例子,都喜欢煞有介事地说他们放弃医学,从事文学,是因为文学对中国更有用,或者说比医学更重要更伟大。这样的看法,不仅是对医学的不尊重,也是对文学的亵渎。对于那些有心要从事文学的人来说,有一个观点必须弄明白,有句话必须说清楚,并不是文学需要你,你没有什么大不了,是你需要文学,是看你喜欢不喜欢文学。文学没有你没任何关系,一个热爱文学的人,没有文学,很可能就是一种完全不一样的生活。

契诃夫是我们文学前辈中,最优秀的中短篇小说家。同时,他又是最优秀的剧作家,有时候,你甚至都难以区分清楚,到底是他的小说好,还是他的剧本更优秀。契诃夫究竟是应该写小说,还是应该写剧本,好像并没有人讨论这样的话题。很难想象的却是,一百多年前,已经成为小说大师的契诃夫,曾经为这个选择痛苦和不安。一八九六年,三十六岁的契诃夫创作了他的《海鸥》,这个剧本上演时,遭遇到了空前的惨败,观众一边看戏,一边哄堂大笑。当时的媒体终于找到一个狂欢机会,一家报纸很得意地评论说:"昨天隆重的福利演出,被前所未闻的丑陋蒙上了一层暗影,我们从未见过如此令人眩晕的失败剧本。"另一家报纸的口吻更加刻薄:"契诃夫的《海鸥》死了,全体观众一致的嘘声杀死了它。像成千上万只蜜蜂、黄蜂和丸花蜂充斥着观众大厅,嘘声是那么响亮那么凶狠。"

虽然此前也写过剧本,作为一名戏剧界的新手,契诃夫似乎已意识到这部作品可能会有的厄运,他准备撤回出版许可,甚至有些心虚地不打算参加首演。然而,首演成功的诱惑毕竟巨大,剧作者当然渴望观众的认同,当然渴望剧场上的掌声。在契诃夫小心翼翼的期待中,演出开始了,上演到第二场的时候,为了躲避观众的嘘声和嘲弄,他躲到了舞台后面。这是一场活生生的灾难,是一个写作者的末日,演出总算结束了,本来还假想是否要上台接受观众献花的契诃夫,连外套都没来得及穿,就从剧场的侧门脸色苍白地逃了出去。

凌晨两点,痛苦不安的契诃夫还独自一人在大街上游荡。巨大的失望变成了一种绝望,回家以后,他对一个朋友宣布:"如果不能活到七百岁,我就再也不写剧本了。"其实这个结果完全可以预想到,事情都是明摆着的,就像面对你的小说读者一样,写作者永远是孤独的,无援的,对你的受众是否能接受你,必须要有一个痛苦的磨合过程。像契诃夫这样的戏剧大师,也许注定了不能一帆风顺,也许注定了不能一炮而红,也许注定了要经历失败。从三流作家变成一流作家需要一个过程,这个改变需要付出代价,要么是作家做出改变,要么是受众做出改变。

究竟是谁应该做出改变呢?在小说中,主动做出改变的是契诃夫,他的前后期小说,有着完全不一样的品质。很显然,如今在戏剧方面也出现了问题,什么问题呢?他的做法不太符合当时的清规戒律,而所谓"清规戒律",说白了就是舞台剧的游戏规则。出来混,你就必须遵守规则。早在写作剧本期间,契诃夫就承认自己完全忽视了舞台剧应当遵守的基本原则,不仅仅是用来描绘人物的对话太长了,而且出现了最不应该的"冗长的开头,仓促的结尾"。

然而契诃夫并不觉得自己有什么不对,去他妈的基本原则,清规戒律也好,游戏规则也好,这些都是为平庸者而设置。只要自己觉得好,"冗长的开头"就是可以的,"仓促的结尾"就是有力的。这一次,契诃夫相信了自己的直觉,他宁愿放弃戏剧创作,也不愿意去遵守那些基本原则。换句话说,在写小说方面,他知道自己的确曾经有过问题,因此,必须要做出改变的是他自己,而在戏剧方面,他没有错,他代表着正确的方向,问题出在观众方面,因此,必须要做出改变的是观众。

要准备让受众做出改变的想法,无疑有些想当然,是一种莫名其妙的疯狂。一个作家能改变的只是自己,对于读者对于观众,你不得不接受无能为力的命运。你用不着去迎合他们,读者和观众的口味五花八门,你根本不知道怎么才能让他们满意。与其知难而上,不如知难而退,写作说到底还是让自己满意,自己觉得不好,就进行修正,自己觉得不错,就坚定不移地坚持。

真正改变观众口味的是斯坦尼斯拉夫斯基,这位大导演彻底改变了契诃夫的命运。就在《海鸥》惨遭滑铁卢的第二年,斯氏创建了莫斯科艺术剧院,这以后又过了一年,也就是距离上次演出的两年后,斯坦尼斯拉夫斯基再一次将《海鸥》搬上了舞台。在俄罗斯的戏剧史上,这是一次巨大冒险,历史意义完全可以与法国雨果的《艾那尼》上演相媲美。当时,失败的阴影仍然笼罩在契诃夫心头,除了斯坦尼斯拉夫斯基外,没有人看好这部戏。没有人知道最后会是怎么样,演出终于结束,结果大大超出意料,斯坦尼斯拉夫斯基后来回忆说:

> 所有的演员都捏着一把汗,幕在死一般的寂静中落了下来,有人哭了起来……突然观众发出了欢呼声和掌声,吼声震动着帷幔!人们疯狂了,连我在内,人们跳起了怪诞的舞蹈。

《海鸥》的成功像一场美梦,或者说它更像是从噩梦中苏醒过来,从那以后,演出一场接着一场,掌声再也没有停止过。一只飞翔的海鸥成为莫斯科艺术剧院的标志,契诃夫从此成为戏剧界最有影响的剧作家。《海鸥》也自然而然地成为这个著名剧院不断上演的保留节目,成为一种时尚,在当时,不去看契诃夫的戏是一种没文化的表现。《海鸥》的失败和成功,充分说明了除原作者之外,其他参与者的重要性。剧本还是那个剧本,两年前之所以失败,是因为导演对剧本不理解,演员对扮演剧中人物的不理解,来看热闹的观众同样是什么都不理解,而这样的不理解,过去存在,现在存在,将来还会存在。

好在时间会纠错,真金子迟早都会闪光,尔曹身与名俱灭,

站在金字塔尖上的人物

不废江河万古流。记得曾经看过这么一段逸闻,已记不清是在哪一本书上,反正契诃夫的戏正在上演,邀请高尔基去看他的戏,当时的高尔基虽然年轻,比契诃夫要小八岁,却已经是非常当红和火爆。高尔基像明星一样走进剧场大厅,全场起立热烈鼓掌,这种反客为主的反应让高很不高兴,因为这等于冷落了他身边的契诃夫,于是高尔基当场发表了演讲,请观众想明白他们今天是来看谁的戏。后来,高尔基亲眼见证了《海鸥》的成功,他满怀激情地给契诃夫写信:

> 从未看过如同《海鸥》这般绝妙的、充满异教徒智慧的作品……难道你不打算再为大家写作了吗?你一定要写,该死的,你一定要写!

契诃夫后来又写了几个剧本,每一部戏都大获成功。就像老舍对于北京人艺的重要性一样,没有契诃夫,就没有大名鼎鼎的莫斯科艺术剧院,就没有伟大的斯坦尼斯拉夫斯基,就没有能享誉世界的俄国高品质观众。同样,没有斯坦尼斯拉夫斯基,没有莫斯科艺术剧院,没有高品质的观众,也不会有伟大的契诃夫。这是一种互为因果的关系,在这种共生共灭的关系中,机会恰恰是可遇不可求,作家力所能及的,也就只能是处理好与自己作品的关系。要保持住自己的信心,不是每个写剧本的人,都能遇上斯坦尼斯拉夫斯基,你完全有可能遇上两种截然不同的观众。

4

记不清自己看过的第一个剧本是哪部戏，我生长在戏剧大院里，看排演，蹭戏，给人去送戏票，听别人议论男女演员，这些似乎都是与生俱来。我父亲差不多一生都在写糟糕的剧本，都在和别人讨论怎么才有戏剧冲突，他已经跟剧本和舞台捆绑在一起，起码在我印象中是这样。或许父亲工作太无聊的缘故，从小我就不喜欢看戏，尤其不喜欢戏曲的那种热闹，总觉得一个人说着话，突然冒冒失失唱起来，这个真的很滑稽。我也不是话剧的拥趸，在我的青少年时期，能看到的话剧都和阶级斗争有关系，好人坏人一眼就能看出来，说话的声音都太大，都太装腔作势。

为什么优秀的剧本会成为个人文学影响拼图中的一块，还真有点三言两语说不清楚。有阅读经验的人都会有这样的体会，也不知道为什么，我们这一代人会把好的外国文学剧本当作小说看。一开始，这跟写作没什么关系，早在没打算做作家前，我就读过莎士比亚，读过易卜生，读过尤金·奥尼尔，读过威廉·田纳西，当然也包括契诃夫。这些剧本是世界文学名著的一部分，也许我们的阅读，仅仅因为它们是名著。名著的威慑可以说是永恒的，它们始终是文学教养的一部分，是我们能够夸夸其谈的基础。我承认自己当年阅读了那么多的书，很大一部分的原因都是为了吹牛，为了能跟别人侃文学。

事实上，在开始写小说后，我才有意识地拿好的文学剧本当作对话训练教材。换句话说，好的文学剧本就是好小说，小说对话应该向好的剧本学习。这种态度在没写小说前根本不会有，有了写小说的体验，情况立刻发生了变化。首先，小说肯定要面临对话，怎么写对话对任何一个写作者来说，都是个必须讲究的技术活。其次，小说家或多或少都会有些占领舞台的欲望，相对于一本打开的书，舞台或者银幕展现了另外一种更大的可能性。好的小说家都应该去尝试剧本写作，高尔基写过，契诃夫写过，毛姆写过，海明威写过，福克纳写过，萨特写过。有成功的例子，当然也会有失败。

小说家听不到剧场里的嘘声，同样也听不到鼓掌，然而潜在的嘘声和掌声，却从来也没有停止过。读者的趣味与剧场里的观众的喜好并无区别，写作者在乎也好，不在乎也好，它们总归会是一种客观存在。不由得想起自己当年考研究生，最后一道大题是比较曹禺先生的《雷雨》和《北京人》，事后现代文学专业的陈瘦竹先生很严肃地表扬我，说答得非常好，有自己的看法，说到了点子上。我想当时之所以能够让老师感觉回答得不错，专业考试的分数在一百多名考生中最高，很重要的原因是有感而发。是因为我更喜欢《北京人》，从《雷雨》到《北京人》有许多话可以讨论，而曹禺的粉丝更多的只是知道成名作《雷雨》，这就和巴金先生的许多爱好者一样，他们心目中的好作品唯有《家》。对于他们来说，成名作代表作永远是最好的，其他的作品已经不重要，或者说根本就不存在。

好的剧本不仅可以教我们如何处理对话，如何调度场景，还可以提高写作者在文学创作上的信心。与小说相比，戏剧更世俗，更急功近利，更依赖于舞台和观众，它所要克服的困难也就更大。小说显然比戏剧更容易耐得住寂寞，虽然都是伏案写作，毕竟出版一本书要方便得多。然而有一种遗憾总要让我们纠结，这就是好作家在自己的创作达到顶峰时，经常会戛然而止，再也写不下去。造成写作中断的原因很多，譬如契诃夫，他的艺术生涯因为生命短暂而成为绝唱。不妨设想一下，契诃夫逝世时才四十四岁，如果天假其年，以他良好的写作状态，最后能达到什么样的高度，真说不清楚。

一九四九年，巴金四十五岁，曹禺三十九岁。通常的观点就是，一个时代必将决定一代作家的写作，在这个观点下，作家们都是无能为力，我无心谈论这样那样的原因，更不愿意人云亦云，作为一个写作者，有时候，我更看重的只是结果，有了这样的结果，我们作为后来者又应该怎么样。结果是什么呢？死亡也好，封笔或换笔也好，结果都是一种写作状态的终结，都是写作的中断。契诃夫四十四岁时死了，巴金四十五岁以后基本上不写了，曹禺写不出，沈从文写不了，移居海外的张爱玲也失去往日光彩。

在评论家眼里，最后写不出来是一种必然趋势，是一种天命。人注定斗不过死神，挣脱不开时代。然而前辈经验是不是还可以给我们别的启示，起码可以让我们再次遇到同样问题时，有些心理准备。一方面，生命不是无限的，我们必须珍惜有限的时间,少壮不努力,老大徒伤悲,如果我们真具备了写作这种才能,应该尽可能地抓紧时间将它发挥出来。另外一方面,在逆境中,我们有没有尽力而为,有没有跟必然趋势和天命做斗争。这个前辈或许没能做到,并不代表我们就一定不能做到。优秀的作家都应该有些自不量力,都应该义无反顾,都应该去做点不可能完成的事情。优秀的文学是试图把不可能变成可能,检验优秀作品的标准,也是看你完成了多少前人还没完成的东西。

因此,真正的写作者一往无前,他的人生意义就是,无论逆境顺境,无论能否得到文坛的支持和承认,都必须保持专注度,都必须一心一意。海明威曾经说过,一个人是打不败的,这话听上去很励志,充满了自我安慰,但它确实是一剂镇痛的良药。一个写作者可以打败他的东西太多了,默默无闻不被文坛承认,功成名遂带来的种种诱惑,这样那样的政治运动,生老病死天灾人祸,除了不屈不挠地抵抗外,没有人能笑到最后。

人说到底都是渺小的,也许,唯一可以安慰我们的只是精神上不被打败。对于一个写作者来说,不屈不挠,能够顽强地保持精神上的不败已经足够。

5

促使我写这篇谈契诃夫文章的一个原因,是观看了赖声川导演的《海鸥》。虽然对契诃夫的剧本并不陌生,在舞台上看他的戏却还是第一次。感觉上,这更像参加一次盛大的戏剧 party，显得很隆重，票价非常昂贵，我这张票竟然价值九百八十八元。场面壮观，演员阵容豪华，观众衣着整齐，看上去都是些有身份的人。毕竟花这么多钱来看场戏也不容易，演出开始前，大喇叭里广播注意事项，提醒大家关闭手机，并请诸位约束自己的行为，不要在演出期间吃东西，不要拍照，不要大声喧哗。我身边有人在小声议论，说这可是一次很高雅的文化活动，最能看出本市观众的精神文明素质。

不由得想到小时候经历的两次热闹，一是新华书店发行长篇小说《欧阳海之歌》，一是剧场预售由父亲参与写作的《海岛女民兵》戏票。都排了很长的队，长得仿佛看不到结尾，而我作为一名孩子，也曾是长长队伍中的一员。这是"文化大革命"中的最奇特景观，是当时并不多见的有点文化的文化活动。当然，不只是"文革"期间如此，今天的现状未必好到哪去，说读者和观众常常都会有点盲目似乎不太客气，但是残酷的事实就是这样。

看戏的过程中确实没人拍照，起码没有闪光灯。应该也没有人吃东西和接收发送短信息。我小心翼翼使用了"应该也没有"这几个字，多多少少表明还只是一种推测，在今日之中国，要想让观众在公共场所不接看手机，不肆无忌惮地吃东西，恐怕会有相当的难度。因为坐的位置相对靠前，眼不见为净，没看见就可以算是没有了。演出终于结束，观众们开始热烈鼓掌，开始没完没了地用手机拍照。这时候，我突然感到了难过，心头涌动着一阵阵悲伤，我想起了遥远的契诃夫，想到了他戴着夹鼻镜的模样，想到了他的忧郁，想到了《海鸥》的首场演出，想到演出结束以后他一个人孤零零地在黑暗的大街上游荡。

一百多年前，观众尽情地嘲笑了这部戏。很快，在斯坦尼斯拉夫斯基导演了《海鸥》以后，它已经成为一部可以嘲笑观众的戏。我不知道赖声川导演的内心深处，是不是也存在着这么一种恶作剧心态。仿佛好莱坞演绎莎士比亚的《罗密欧与朱丽叶》时糅进了现代元素，赖声川版的《海鸥》也进行了中国本土化改造，大幕拉开了，剧务人员正往舞台中央搬运古老的中国明式家具，身着民国服装的演员出现在我们眼前，观众席里开始有了些许骚动。一些台词譬如人名和地名，也不得不做了相应的国产化处理，当这些中国面孔说出那种带有外国腔调的台词时，观众忍不住要笑，确实也笑了，但是这种笑又是很有节制，很文雅，一点都不敢放肆。

名著的威慑力让观众保持了克制，昂贵票价也在悄悄起作用，还有演员的名气，还有媒体此前的宣传和造势，在这样庄重的场合中稍有不慎，很有可能露出没文化的马脚。敬畏是艺术成为艺术的一块重要基石，因为敬畏，高雅艺术获得了得天独厚的生存机会。当然，同样是因为敬畏，附庸风雅也成了文明社会的一种常态。所谓艺术就是有时候你根本不知道它好在什么地方，艺术往往就是无知，就是一种认识上的差距。契诃夫的小说也好，戏剧也好，骨子里始终都隐藏着这样一种不安气息，像一名抑郁症患者那样，在他那里，我们可以看到讽刺，看到挖苦，看到批判，然而最后能深深地打动我们，真正能触动到神经的末梢，往往又与那些浅薄的讽刺挖苦批判无关。我们真正为之动容和痛苦不安的，恰恰是透过契诃夫的夹鼻镜看到的人间现实。人间的现实是什么呢？是显著而持久的情感低落，是对人生的抑郁和悲观，是舞台上下正在上演的那些我们一时还看不明白的东西。

一起看戏的年轻人满脸困惑，想不明白为什么我会那么悲伤。他们中间包括了我的女儿、女婿和几个朋友，这些年轻人都接受过高等教育，不会觉得这部戏有多好，当然，也不会觉得有什么不好。评价一部名著会是件非常危险的事情，舞台上的中国元素让他们啼笑皆非，面对传世经典，慎重的年轻人似乎只能对此表示疑义。仅此一点点改编，已足以让他们有理由怀疑今天看到的不是原著。在一个假古董盛行的年代，人们似乎更愿意相信原装货，大家都希望能买到进口原装的电器，买到进口原装的汽车。这部戏让年轻人看到了不是原装的破绽，他们本来很想跟我讨论这个，为此狠狠地拍一通砖，可是被面前这人眼眶里的泪水给惊住了，他们很意外，心里都在想，这老头今天是怎么了，居然会这么入戏。

我也为自己的情绪失控震惊，写作这么多年，自忖心头已有了一层厚厚的可以用来防御的老茧。写作和职业运动员打球一样，关键是要能够有所控制，写作能力有时候就是掌控能力。回家路上，我开始为孩子们说戏，解释自己为什么会那么激动。其实这个行为本身就有老朽意味，人老了，弄不好便会唠唠叨叨，便会钻进牛角尖里出不来。每个人的看戏准备和期待不一样，我的经历我的观点,与年轻人相比肯定会有点特别。一千个观众眼里就会有一千个哈姆雷特,关于契诃夫,我的联想显然有些过度,用大白话来说就是想得太多了。想得太多并不一定好,也并不一定全对。譬如在我看来,今天在舞台上活动的人物中,起码有三个人可以看作是契诃夫的化身。看戏就是看戏,读小说就是读小说,没有人会像我那样别出心裁,十分着急地去寻找作家的影子。作为一名写作者,我总是在琢磨同行为什么要这样写,他又能怎么写,仿佛一名眼光独到的侦探那样,迫不及待地想在作品中寻找到人家犯案的蛛丝马迹。

我告诉孩子们,这部戏中多尔恩医生是个很重要的配角,他的戏份虽然不多,可都用在了关键点上。作为全省唯一一个像点样子的产科大夫,多尔恩医生有着令人敬重的职业,尤其是讨女人喜欢。这个人物简直就可以说是契诃夫的肉身,他很敏感,艺术趣味极佳,分辨得出戏的好坏,听得见人物内心深处的声音,能够看明白世间一切。他的目光也成了这部戏的焦点,换句话说,多尔恩医生所看到的,既是契诃夫所看到的,同时也意味着剧作家本人想让我们看到的东西。在小说叙事学中,多尔恩医生就是那个常见的第三人称说故事者。当然,直截了当地换成第一人称的"我"也未尝不可,我们都知道,契诃夫自己就是一名职业医生,有些台词听上去就好像是从他嘴里说出来一样。

契诃夫是最早把小说艺术引进戏剧的人,在他之前,通常做法只是在小说中引进戏剧元素,《海鸥》是戏剧史上一次成功的冒险。很显然,仅仅有一位多尔恩医生还不足够,还不算过瘾,契诃夫又掺和进了自己另外的两个化身，一个是功成名就的小说家果林，一个是失败的年轻戏剧爱好者科斯佳。这两个人既可以分开，也可以合并，他们代表着一个写作者可能会有的几种结局，代表着幼稚和无知，代表着理想和追求，代表着不被人理解，代表着受到追捧的名利双收和不断地被误读。与契诃夫的小说一样，《海鸥》中并没有什么大的阴谋，没有明显的好人坏人，没有什么不可缓和的戏剧冲突，即使有一些大起大落，也统统是在舞台的背后完成。所有我们可以称为戏剧性的东西，那些可能好看的场面，都被直接转移到了幕后，诸如诱奸、背叛，包括开枪自杀，都发生在舞台之外。在契诃夫笔下，这些强烈的场面虽然有着很好的戏剧冲突，但是它们都不适合在舞台上表演，因此只能让观众耳闻，不可目睹。

一九○二年，流亡海外的梁启超创办了《新小说》，"小说界革命"轰轰烈烈开始，"开启民智"成为一个时髦词汇。从此，小说家如果不以启蒙的思想家自居，都不好意思在文坛的江湖上厮混。中国固有文化中的"末技"，古代文人眼中的"小道"，经过梁启超的鼓吹，顿时身价百倍，小说从原来的不入流，不入文学之法眼，上升到了"为文学最上乘"。然而关于小说的大话套话，通常都是那些不写小说和小说写不好的人在自说自话，结果就是好话说尽，好事却没有干绝，简简单单的小说也没做好。在契诃夫笔下，无论他的小说，还是他的戏剧，都见不到什么启蒙的思想家光辉。用他的小说和戏剧来"开启民智"，注定了会是大而无当，就好比是要用一套木工的工具来进行烹饪一样。对于契诃夫来说,小说艺术、戏剧艺术,无非都是一种发现,是观看人生的一种角度。同样的人生,不同的角度,于是就有了不一样的发现。

艺术就是别具慧眼,透过契诃夫那副深沉的夹鼻镜,人间万象成为了不朽的艺术。《海鸥》结局出人意料,或许也超出了作者本人的意料。开场不久,年轻的科斯佳在无意中猎杀了一只海鸥。"无意"和"海鸥"都有着特别的象征用意,科斯佳将失去了生命的海鸥尸体扔在了心爱的妮娜面前,十分痛苦地说自己干了一件"最没脸的事",说他"不久就会照着这个样子打死自己"。这句带些矫情的念白中,隐藏了太多潜台词,它在暗示,暗示那支猎枪迟早都会打死一个人。根据好莱坞电影的原则,每一个镜头都不应该是多余的,每一件道具都应该派上用场,这把枪最后是打死诱奸妮娜的果林,还是打死不再爱科斯佳的妮娜,还是像科斯佳自言自语的那样,用来结束自己生命,成了一个吸引我们看下去的悬念。

作家在写作过程中无所不能,最后扣动扳机的是契诃夫,他决定着某一个人的生和死。换句话说,所有的戏剧逻辑都可以忽略,所有的清规戒律都可能操蛋,作家掌握着生杀大权,他想让谁死,就可以很轻松地让谁去死。尽管在一开始,契诃夫曾对人宣布自己写了一出让人发噱的喜剧,可是只要有这把猎枪的存在,只要最后死了人,它都不可能再是一部传统的喜剧。雅俗,善恶,美丑,所有这些被人津津乐道的东西,在契诃夫的作品中,从来都不是那么清晰。为什么打死的不是那个道貌岸然的果林呢？如果是他，这是罪有应得。为什么不是那个美丽天真的妮娜呢？如果是她，便可以演绎一幕壮烈的古典悲剧。然而契诃夫却选择了可怜的科斯佳，也许理由很简单，也许在一开始它就是这么注定的，结果我们现在要探讨的只能是，契诃夫为什么非要这么做，他为什么要杀死科斯佳。

这也是为什么会让人伤心流泪的地方，我仿佛看到契诃夫做出这种抉择时的痛苦。难道他已预感到了《海鸥》可能会有的惨败，预感到可能还有比惨败更糟糕的结局，这就是观众最终根本不可能真正理解他究竟想说什么。很显然，契诃夫内心深处对于观众的无知一清二楚，他爱观众，可是并不相信观众。他的脑袋里什么都很明白，就像舞台上的戏中戏一样，看戏无非是凑热闹，看戏就是看看戏的人在如何表演。对于真正的写作者来说，不能被读者真正理解，不能被观众真正接受，这些痛苦与生俱来，是作家不可避免的命运。有时候，失败是一种惩罚，有时候，成功也是。人心隔人心，路途太遥远，因此科斯佳的饮枪自尽，更像是作者本人对着自己脑袋开了一枪，更像是对着心中的文学开了一枪。不妨想象一下，《海鸥》首场演出后，契诃夫一个人行进在夜晚深处，孤零零地在大街上漫步，不能被人理解的痛苦折磨着他，这时候，如果手里有一把枪，如果契诃夫足够冲动和疯狂……

人生往往就是一场"冗长的开头，仓促的结尾"的大戏，绝望中的写作者还能做出一些什么更让人吃惊的傻事呢？除了杀死自己外，我们别无选择。在戏的结尾处，陷入沉默的科斯佳把

103

正在写的稿子扔了,跑下台去,再过一会,他将对着自己的脑袋开枪。这就是《海鸥》匪夷所思的结局,所有的人都觉得莫名其妙,台上台下都不明白那突然响起的枪声是怎么一回事。这时候,科斯佳的明星母亲还在谈笑风生,一边喝酒,一边打麻将。那只被做成标本的海鸥正在被议论,果林已完全想不起是怎么一回事,早忘了自己对这海鸥曾有过的一番精彩评价。突然间枪响了,吓了大家一跳,敏感的多尔恩医生走下台去,很快又回来,随口扯了一个小谎,轻描淡写地跟大家说什么事都没发生,只不过是药箱里一个小瓶子爆炸了。他若无其事地走到果林身边,搂着他的腰,一边继续插科打诨,一边悄悄地告诉他真相,同时也是在告诉观众真相。多尔恩医生让果林赶快想个办法把科斯佳的母亲领走,因为那个叫科斯佳的可怜孩子,那个充满理想热爱戏剧的年轻人,那个为了爱什么都可以付出的天才少年,死了,他自杀了。

然后……然后大幕拉下了,戏结束了。

芥川龙之介在南京

对于芥川龙之介一直没什么特别好的印象，为什么呢？三言两语说不清楚。首先因为他是个日本人，在南京这个血迹斑斑的城市，你若是说几句日本人的好话，肯定不招人待见。其次，作为一个小说家，他写的东西太少，差不多都是短篇，一个《罗生门》获得太多叫好声，太多了，难免名不副实。

当然也因为还有个芥川文学奖，差不多就是中国的茅奖鲁奖，有一阵，我很在乎这个，非常虚心地向人家学习，总觉得大家都是亚洲人，都属于向西方学习的东方。后来便不在乎了，觉得这日本最高文学奖就那么回事，水得很，不看也没什么大碍。很多年以前，鲁迅先生翻译过芥川的小说，是不是中国第一人我不知道，但是有了这个例子，很容易落下把柄，证明我们的作家远不如日本，往好里说，是鲁迅受到了人家芥川的影响，往不好的地方猜测，就是学习和模仿，这太有损于中国最伟大作家的形象。

幸好鲁迅没见过芥川，他在日本留学，芥川还是个毛孩子。

后来芥川成了点儿名，成了著名作家，到中国参观游览，大大咧咧地来了，完全不把中国放在眼里，中国也没太把他当回事。鲁迅翻译的《罗生门》和《鼻子》，据说就发表在芥川访华期间，按说在北京完全可以有见面的机会，但是鲁迅没有屈尊，没去拜访送上门的芥川。芥川呢，也没有去向比自己还年长十一岁的鲁迅表示感谢，中日文坛上本该有的一段佳话，就这么擦肩而过。

结果芥川在北京跟胡适先生见了一面，还参见了一个叫辜鸿铭的老怪物，跟辜大谈段祺瑞和吴佩孚，顺便又聊了几句托尔斯泰。到北京前，芥川已在中国绕了大半圈，一边参观游览，一边写文章记录。说老实话，中日两国真是冤家，从芥川记录中国的文字中，你能读到太多的不友好。一般情况下，我们介绍芥川这个作家，往往会带一笔中国文化对他的影响，说他喜欢《西游记》，喜欢《水浒传》，说他中学时代的汉语水平超常，你要真是读过芥川的东西，读完了他那本《中国游记》，会发现根本不是那么回事。

芥川文学理想上更向往西方，在来中国的途中，他发现同船的旅客都在晕船，一个个痛苦不堪，除了一个高大的美国佬。芥川以非常羡慕的口气写道，"那个美国人简直是个怪物"，不仅照样吃喝，饭后"还在船上的客厅里敲了一会打字机"。这一段带有赞赏意味的描写，作为一本书的开场白，似乎也影射了当时世界局势。第一次世界大战结束了，大英帝国日薄西山，奥匈帝国土崩瓦解，只有美帝国主义成了一个不折不扣的暴发户。

到达中国的第一站是上海，或许是写给自己同胞看的，芥川丝毫没有考虑到中国人的感受。他的文字中充满傲慢,从头到尾都是不屑。"第一瞥"所见的中国车夫既肮脏,而且"放眼望去,无一不长相古怪"。这个描绘有些莫名其妙,中国人和日本人相貌难道真有那么大的差别吗?显然不是,杨宪益先生当年去欧洲留学,因为坐的是头等舱,服务员就认定他是个日本人,怎么解释都没用。胡适的日记中对芥川也有这么一段描写:

> 他的相貌颇似中国人,今天穿着中国衣服,更像中国人了。这个人似没有日本人的坏习气,谈吐(用英文)也很有理解。

有一个污辱中国人的词汇我们都熟悉,这就是"东亚病夫"。芥川看不上中国人,是典型的日本人情结,在他们眼里,大东亚应该或者可以共荣,然而中国人太不争气,都是他妈的病夫。可惜到达上海的第二天,芥川自己也不幸地病倒了。那年头,我们的祖国固然很穷很落后,天应该还是蓝色的,空气也是新鲜的,肯定没有雾霾问题,芥川的病怨不得中国,但是他不会这么想,日本的读者也不会这么想。

时年三十的芥川仿佛病歪歪的林黛玉,刚到上海就去了医院,一住二十多天。这以后,一直处于抱病状态,因此他文字中也难免有一种病房药水的气味。在来南京以前,芥川还去了杭州、苏州、扬州、镇江,很显然,为了拜访这座古城,他做了些功课,读过几本书。由于此前有过太多的不好印象,对于在南京可能会遇到的种种糟糕情形,似乎做好了充分准备:

一查时刻表，离开往南京的火车出发还有一个小时的时间。既然还有时间，就没有不去看一眼山顶建着高塔的金山寺的道理。我们经过评议一致决定后，便立即又坐了黄包车。虽说是立即，但事实上也像往常一样，要为了车费的讨价还价花上十分钟的时间。

黄包车首先经过了由排成一溜儿的窝棚构成的很原始的贫民窟。窝棚的屋顶上铺着稻草，但基本上看不到泥抹的墙壁。大都是围着芦席或草帘子。屋里屋外的男男女女，都带着一副凄惨的面孔在那里徘徊。我望着窝棚的屋顶后面高高的芦苇，觉得自己好像又要长痘疮了。

"你看到那条狗了吗？"

"好像是没有长毛呀，没长毛的狗真是少见，不过挺吓人的。"

"它之所以变成那样是因为梅毒。据说是被苦力们传染的。"

梅毒是一种性病，这段文字中传递出的暧昧信息，模棱两可的表述，让人感到很恶心。芥川正是带着这种嫌弃心情，登上了开往南京的列车。从镇江到南京近在咫尺，抵达南京的那天下午，为了能够马上到城里去看看，芥川同往常一样坐上了黄包车。虽然有所心理准备，这个拥有悠久历史的古城，展现出来的极度荒凉，还是让他感到很意外。余晖流溢的城中，到处可以看到成片绿油油的麦田，蚕豆花开了，大大小小的池塘中浮着鹅和鸭。中国导游告诉芥川，这个城市"约有五分之三的地方都是旱田和荒地"。

接下来一段对话让人哭笑不得，芥川似乎忘记了自己的作家身份，他望着路旁高大的柳树，望着那些"欲塌的土墙和燕群"，在"被勾出怀古幽情的同时，也寻思着要是把这些空地都买下来的话，或许能一夜暴富也未可知"。于是便用一种房地产商的口吻开导导游，告诉他这是个非常好的发财机会。然而导游拒绝了芥川的好意，回答说自己根本不可能考虑他的建议。导游说中国人是不考虑明天的事的，决不会去做买地那样的傻事，说中国人对一切显然都看得很透彻，他们看不到人生的任何希望：

> 首先是想考虑也考虑不了，不知什么时候家就可能被烧了，或者人被杀了，明天的事情谁都不知道。中国和日本是不一样的，所以现在的中国人，比起瞻望孩子未来的前程来，更容易沉溺于酒和女人。

如果不是写在芥川的书里，我真不敢相信，一九二一年的南京人会如此绝望。作为一名能陪同日本人的导游，他的身份起码也应该是个留学生，因为只有这样，会说日语或者英语，才可能与学习英国文学的芥川对话。芥川于一九二七年自杀，他不可能预测到后来的形势发展，不会想到他死的那年，国民政府会在南京成立，这个城市因此进入一个从未有过的繁华期。也不会想到在他死后十年，日本人的军队气势汹汹地征服了这座城池。

在南京访问期间，芥川的交通工具是当时最常见的黄包车。讨价还价是必需的，日本学者青木正儿同时期的中国游记，如何与车夫以及商贩斗智斗勇，也是写得活灵活现。此前在苏州游览，芥川尝试过骑毛驴，显然不是一个好骑手，一不小心便连人带驴一起闯进了水田。结果脚上那双小羊皮的皮鞋上磨破了两三个大洞，因此参观城南的夫子庙，经过一家鞋店，芥川决定要为自己买一双新鞋。

走进鞋店里一看，铺面比想象的要大。里面有两个工匠，正在一心一意地做着鞋。在四周的大玻璃柜子里，西式鞋自不必说，还摆放着很多中式的鞋。黑色的鞋、桃红色的鞋、浅蓝色的鞋。中式的鞋都是缎子面的，大小各异的男式和女式的鞋子排列在映着夕阳的橱柜中，有一种奇妙的美感。

奇妙美感让芥川"稍稍有点罗曼蒂克的感觉，开始在那些成品鞋中物色"，他的好奇心被引发了，竟然怀疑在橱柜的某个地方，会有用人皮缝制的奢华女鞋。最后的选择既现实又浪漫，他挑了一双定价六日元的半高腰皮鞋，色彩有些鲜艳，芥川自己也无法准确描述它，"又像是黄色又像是黑色"，或者干脆是"极其古怪的红皮鞋"，芥川的朋友见了直摇头，忍不住要讥笑，说他"好像是穿着书包走路似的"。

一九二一年春天，芥川穿着这双古怪鞋子，在南京城里走来走去。秦淮河畔到处留下了他的足迹，芥川不无遗憾地告诉自已同胞,中国古人说的"烟笼寒水月笼沙"的美丽风景已见不到,秦楼楚馆犹在,然而都"无非是俗臭纷纷之柳桥"。柳桥在日本东京浅草区隅田川西一带,是著名的花柳街,也就是所谓红灯区。芥川在游记中引用中国古诗词,提到了"六朝金粉",还提到《秦淮画舫录》,提到《桃花扇》。

这一年的南京相对平静,远在广东的孙中山宣誓就职非常大总统,与十年前在南京任临时大总统一样,权力非常有限。远在北京的北洋政府,内阁不停地折腾,这位上任,那位下台。就在这一年,在上海,在芥川去拜访过的一个朋友家里,召开了中国共产党的第一次代表大会。召开前夕,作为创始人之一的张太雷向共产国际汇报,说中共已拥有七个省级地方组织,其中之一便是"南京组织",然而代表大会召开,广州去了代表,北京去了代表,长沙、武汉去了代表,山东去了代表,连留日学生也有代表,大大咧咧的南京方面,竟然没向路途并不遥远的上海派代表。

一九二一年的南京看不到什么希望,没人会想到七年以后,此地会成为中华民国首都。读民国时期的南京书写,很容易发现这个城市总是避免不了有伤风化,因此,说芥川在南京流连妓馆酒楼,多少也是因为环境使然。正如前面那位中国导游说的那样,既然大家都对前程如此失望,那么"沉溺于酒和女人"就会变得自然而然。一九二一年的南京在政治上,属于北洋军阀统治,这时候,此地最高行政长官是江苏督军齐燮元,一个能说会道即将失势的直系军官。与同样是直系大佬的吴佩孚和孙传芳相比，各方面要逊色许多。二十多年后，齐燮元作为汉奸在南京被处决。据说他临死前还嘴硬，说汪精卫是汉奸，因为他听日本人的，蒋介石是汉奸，因为他听美国人的，毛泽东是汉奸，因为他听苏联人的，我齐燮元不是汉奸，因为我只听我自己的。

我开始关心芥川与南京，与他的《南京的基督》有关。第一次读到这短篇很吃惊，因为芥川描述了一个毫无真实感的南京，一个太像故事的故事。小说不应该太像故事。一位坚信基督的雏妓，为了不把梅毒传染给嫖客，突然守身如玉起来。根据当时一个不靠谱的传说，妓女沾上了梅毒，只要再接次客，就能把病毒传染出去，就可以立刻恢复健康，然而这雏妓觉得自己不能这么做。

  天堂里的圣主基督：我为了养活父亲，从事着卑贱的勾当，可是，我的这份营生除了污损我自己之外，就再也没有给任何人添过一点麻烦。所以，我相信自己就算这样死了，也是一定能进天堂的。可是，现在我如果不把病传给客人，就不能像以前一样做这份营生了。这样看来，我不得不做好准备，即便是饿死，也决不和客人睡在同一张床上——虽然那样做的话我的病可能就会痊愈。不然的话，我就等于为了一己之利而坑害了无冤无仇的人。可不管怎么说，我毕竟是女流之辈，说不定什么时候就有可能抵御不住无法预料的诱惑。天堂里的圣主基督，无论如何请保佑我！毕竟我是一个除了你之外就再别无依靠的女人。

这段文字充满了民国范儿,出自十五岁的雏妓嘴里,实在有些"那个"。作为一名现代文学专业研究生,我读过太多类似的文字,不,应该说比这更糟糕的描写。芥川的高超之处在于拆解,最后基督化身嫖客,骗子冒充基督,理想和现实被融会打通,雏妓的生命和灵魂都得到拯救。说到底,又是一部"罗生门",一个不同寻常的结尾,直接提高了小说的艺术水准。芥川毕竟是芥川,名家还是名家,有那种化腐朽为神奇的非凡功力。

在旅馆的西式房间,芥川叼着呛人的雪茄烟,下笔如飞,记录走马观花后的秦淮风景。一个日本作家在中国的南京抽雪茄,模样虽然有点酷,感觉上怪怪的。他非常沮丧地写道,"万家灯火映照着坐在黄包车上的妓女,宛若行走于代地河岸,然未见一姝丽"。"代地河岸"位于东京的柳桥北侧,我一直以为《南京的基督》是体验生活后的产物,事实却是在来南京之前,芥川写了这篇小说,而且已经公开发表。换句话说,因为有了这篇小说,他才来到南京,在尚未看见此地的"姝丽"之前,先毫无根据地意淫了一番梅毒。这样编排故事有些煞风景,不过也很好地说明一个问题,文学是世界的,信仰是世界的,为生活所迫的雏妓也是世界的,南京秦淮河畔的悲剧,与东京柳桥代地河岸的故事,其实没太大差别。

在南京,芥川还享受了当时的按摩服务,因为身体严重不适,他向女佣提出要按摩。女佣吓了一跳,说没有专门的按摩师,只有理发师凑合着会玩几下。于是真找了个个子极高的剃头匠,"从头颈到脊梁的肌肉依次抓了一番","酸疼的肢体渐渐变得舒服起来",害得芥川一个劲地夸好。

还是在南京,一位日本朋友很严肃地告诉芥川,在这最可怕的就是生病,自古以来在南京生了病,如果不回日本治疗,没有一个人能活下来。这话把芥川给吓住了,他忽然感觉到自己快要死了,立刻下决心撤离。"只要明天有火车,栖霞寺也不看了,莫愁湖也不看了,马上回上海去。"第二天他离开南京,上海的医生做了一番检查,诊断结果是"哪儿都没有问题,你觉得不好,是神经作用"。

芥川不打算再去南京,旅行还没结束,他还要去汉口和长沙,还要去北京,医生说这点旅行根本不算什么,他的身体完全吃得消。

革命文豪高尔基

1

我弄不明白自己究竟看过多少高尔基的文字，他的书太多，不同时期各种版本入，放书橱里一大排。高尔基的作品仿佛一支强有力的军队，浩浩荡荡陈列在父亲的书橱。在我童年的印象中，高尔基是最伟大的作家，其次才是托尔斯泰，才是巴尔扎克，才是莎士比亚。小孩子喜欢用数量来衡量一切，等我真正懂事以后，一直在想父亲为什么要收集那么多的高尔基作品。另一个让我耿耿于怀的疑惑，是把高尔基称为"革命文豪"，也许是受时代影响，"豪"在二十世纪五十年代出生的小孩子眼里，不是什么好词，我们都知道"打土豪，分田地"，"豪"应该是革命的对象，把高尔基说成是革命文豪，这是什么意思。

高尔基的影响空前绝后，在今天，我们可以说他不是什么伟大的作家，甚至都进入不了第一流的好作家之列，但是就某个作家对时代的影响而言，仍然找不到一个人可以与之匹敌。作为一个过来人，巴西作家亚马多认为影响二十世纪文学的三要素，分别为苏联革命、电影、弗洛伊德，对于我们父辈和祖父那两代人来说，这种说法极具代表性，而所谓影响即使在今天也不能说过期失效。一九二八年，高尔基六十诞辰之际，也是他的名誉和地位达到巅峰之时。世界上赫赫有名的大作家，纷纷写信或打电报，向侨居在意大利的高尔基表示致敬。在祝贺的名单中，有一连串的已是或即将是诺贝尔文学奖的得主，譬如罗曼·罗兰、托马斯·曼、高尔斯华绥和萧伯纳，还有辛克莱，据不完全统计，有世界声望的作家不少于五十位参加了这次"大合唱"。一些作家热情洋溢的贺信，今天读来甚至都感到肉麻，茨威格在他的信中，非常煽情地写着：

> 最亲爱的和伟大的高尔基，在这些日子……祝福如潮水般涌入索伦托。信的洪流，如同维苏威火山喷发，将爱的炽烈的岩熔送到我们这地方……请爱护您的身体，祝愿您的灵感和创作达到完美境界。为了人类珍视您的热情吧！

也就是在这一年，侨居意大利多年的高尔基，开始了带有尝试意味的回国之旅，从此，他有点像今天的那些绿卡族，每年回苏联住一段时候，大约是五个月，然后再悄然回到意大利。这种候鸟一般的两地生活持续了好几年，直到他死前的两三年才改变。许多革命者很不理解，一位红色文坛的领袖，一位革命文学的无冕之王，一年中的大部分时间，竟然作为墨索里尼的客人，生活在法西斯当政的意大利,是可忍,孰不可忍。十月革命以后,很多苏俄作家纷纷移居国外,高尔基和大多数流亡作家不一样,但是成为"移民",不管什么样的借口,至少都说明他和苏维埃革命的某种不和谐。

长期以来,这种不和谐是被掩盖住的。一九二八年,在离开祖国多年以后,高尔基按捺不住思乡之情,终于决定回国看看,这是举世瞩目的大事情,全世界都在等待他的观感,都在等待艺术大师对苏联革命做出解释,说出真相。对于资本主义社会来说,长达四年之久的全球性经济危机即将来临,这是资本主义社会遭遇的最大一次危机,彻底动摇了人们对资产阶级的信任。红色的二十世纪三十年代即将来临,全世界的进步作家,包括我们熟悉的福克纳和海明威,无一例外都向左转,左翼文学运动轰轰烈烈,如火如荼。还是一度成为共产主义战士的亚马多的说法生动,他说高尔基并没有读过《资本论》,但是一个人只要是作家,出于对劳苦大众的同情,就会有一种天生的对资本主义的批判思想。批判思想是红色的三十年代的心理基础,左翼运动不仅盛行于文坛,也涉及艺术的各个门类,毕加索一度成为共产党员便是明证。

红色的二十世纪三十年代是世界文学的重要现象,无论东方,还是西方,在欧洲,在美洲,批判资本主义成了基本的文学命题,反对资产阶级的统一战线自发形成,无产阶级将获得天下几乎是一种共识。一九三二年,高尔基在《真理报》上,向全世界的知识分子提出一个跟谁走的坦率问题,他宣布生活中只有两条路，跟着社会主义，或者跟着资本主义，没有第三条道路可以选择。这样激进的观点，未必得到全世界作家的一致赞同，但是作家们不愿意跟着资本主义走下去，则没有疑义。

2

爱伦堡在纪念高尔基的文章中，写到了这么一件事：

> 当我和其他的苏联作家一起在高尔基家里时，有一个瘦弱的中国女子对他说："我的同志们也梦想着见到高尔基。他们被活埋了……"高尔基哭了起来。这些眼泪我们忘不了，也永远不会忘记。这些眼泪要求我们拿起勇气来。

这个瘦弱的中国女子是谁，现在已无从考察。它不过说明了当时的一种现象，高尔基被中国的革命者深深爱戴。高尔基是全世界无产阶级的代表，他的作品是监狱里的一线光明，是革命的号角和战鼓，是翱翔乌云之上的海燕，是举着正燃烧的心脏的丹柯，有很多人因为读了《母亲》，读了《我的大学》，毅然投身革命。毫无疑问，二十世纪中，革命是中国最重要的一个词语，虽然什么是革命，应该如何革命，这问题也许还没真正弄清楚。革命似乎可以有多种不同的解释，"文化大革命"后期，我还在中学读书，学校组织朗诵会，那年头除了毛主席诗词和"八个样板戏"，很难找到其他节目可以表演。印象中，起码有三个人，不约而同地选择了高尔基的散文诗《海燕》，当时恐怕是历史上最极"左"的年代,除我们自己是最纯粹的革命者之外,其他都是"封资修",然而高尔基仍然是常青树,是当时为数极少还能被提到的外国作家之一。

高尔基对中国的影响,一直延续到"文化大革命"结束。粉碎"四人帮"后,在苏联已经失势的高尔基,渐渐地在中国也遭到冷落,这种冷落是和以往的过热相对而言。瘦死的骆驼比马大,我没有统计过这些年来高尔基作品的出版情况,起码我的书橱里,还放着十四本二十世纪八十年代出版的《高尔基文集》,这套文集显然不止十四本,我不过是不愿意把它配齐罢了。俄罗斯人有一个统计数字,一九七六年至一九八〇年,国外出版的苏联时期作品,上升势头最快的是肖洛霍夫和艾特马托夫,分别是七十四次和七十二次,紧随其后的是马雅可夫斯基和特里丰诺夫,再后面是阿·托尔斯泰、拉斯普京、叶赛宁,这些人的数字全部加起来,还比不上一个已经失势的高尔基。在这五年里,高尔基的书籍出版了三百一十三次。

茅盾在二十世纪四十年代末写的《高尔基和中国文坛》一文中,曾写道:

> 高尔基对中国文坛影响之大,只要举一点就可以明白:外国作家的作品译成中文,其数量之多,且往往一书有两三种译本,没有第二个人是超过了高尔基的。三十年前,中国的新文学运动刚开始的时候,高尔基的作品就被介绍过来了。抢译高尔基,成为风尚,从日文重译,从英文、法文、德文,乃至世界语重译。即在最近十多年中,直接从俄文翻

译，已经日渐多了，但这些重译还是持续不断……

茅盾的说法还不算准确，他少算了十年，高尔基的作品早在一九〇七年，就有一位叫吴梼的人将其翻译过来，当时的高尔基被译成"戈厉机"，文章名字很长，也很怪，是《种族小说：忧患余生，原名犹太人之浮生》。这至少说明，在五四运动前，在俄国十月革命前，还是大清朝的时候，中国的知识分子已开始关注高尔基。有趣的是，高尔基最初并不是由那些思想倾向革命的人翻译的，排在第二位、第三位的译本，分别由鸳鸯蝴蝶派和自由主义的代表人物周瘦鹃与胡适操刀，时间是一九一七年和一九一九年。周瘦鹃把高尔基译成"高甘"，而胡适把高尔基的短篇《鲍列斯》，自说自话地改了个中文名字《我的情人》。

我不知道"革命文豪"的头衔，是因为韬奋编的《革命文豪高尔基》一书获得，还是本来就已经有了，韬奋的书不过是借用。有一点可以肯定，用"文豪"这样的褒词，只能是在新中国成立以前。新中国成立后流行的词汇是"为人民服务"，是做"人民公仆"，"劳动人民当家做主"，对于文化人的最高评价，也就算鲁迅，被称之为"新文化运动的旗手"。文艺充其量只是马前卒，是齿轮和螺丝钉，是工具，"革命文豪"这样的头衔看上去就怪怪的。不管怎么说，作为一个作家，高尔基对中国社会的影响，前无古人，后无来者。他的影响，不只是在文学，而且深入社会各个不同的方面。不只是影响革命者，影响进步青年，像冯玉祥这样纯粹的武人，甚至也会跳出来发表一通议论，冯将军认为高尔基能将自己母亲嫁人这种事写出来，丝毫不避讳，这很了不起。

郭沫若在纪念高尔基的时候,把高称为自己精神中的"唯它命",说自己最喜欢他的勇于批判自己。高尔基自谦地说自己的名剧《底层》含有毒素,这种勇敢的自我批判精神,被郭沫若十分合理地反复运用,在不同时期,郭沫若对自己进行不同的检讨总结,结果他总是立于不败之地。高尔基在中国的影响多种多样,于不同的人,于不同的年代,高尔基都是任人打扮的小姑娘。"文化大革命"中某个时期,重提"走出彼得堡"便是一个著名的例子,恰如批林批孔一样,报纸上大张旗鼓,头头是道振振有词,而事实却是,很多人始终蒙在鼓里,不知道究竟要干什么,列宁要高尔基走出彼得堡的真相从来就没有被真正揭示过。

高尔基的巨大影响,和总是有人想利用他分不开。最新的高尔基研究成果表明,一九二八年的高尔基回国,是他成为统治阶级工具的开始。当事人也许并没有察觉,但是事实上,他却是一去不回头,从此身不由己。似乎有一只无形的手,操纵着高尔基的造神运动,他的地位扶摇直上,不仅在社会主义国家苏联,而且风行全世界一切有左翼文学运动的地方。根据不完全的统计,从一九二九年起至一九四五年止,在中国出版的高尔基传记不少于十种,形形色色的研究资料更多,一九四二年在罗果夫的主持下,《高尔基研究》作为一种刊物,前后竟然出了三十期,想象一下战时的艰苦条件,简直就是奇迹。自一九四七年起,在罗果夫和戈宝权的合编下,又出版了《高尔基研究年刊》,这又是其他外国作家享受不到的特殊礼遇。

一九四八年，罗果夫谈到高尔基在中国的影响时，很遗憾没有将上演过的剧本编目整理出来。考虑到二十世纪三四十年代的话剧运动热，既然已经翻译出版那么多的高尔基作品，统计上演剧目注定是一件很吃力的事情，也许太多了，根本就没办法统计。附带说一下，高尔基的名剧《底层》，作为剧本在中国出版，截止到一九四九年十月，译本少说也有七八种之多。我的父亲生于一九二六年，作为一个作家，谈起高尔基对他的影响，总有一种说不清楚的感觉。高尔基的名字老是在耳边不断响起，他老人家是社会主义现实主义文学的奠基人，巨大的影响力到后来差不多都聚集在这一点上。但是，显然存在着一个很大的空洞，起着指导作用的高尔基和实际的高尔基，仿佛是两个不相干的人。中国作家很自然地面临了一个尴尬处境，高尔基让别人写社会主义现实主义，而自己真正的代表作，却与此无关。父亲喜欢和熟读的高尔基作品，恰恰都是浪漫主义，他曾很坦率地对我说过，《伊吉尔老婆子》是一篇非常不错的小说，而《底层》的确是个好剧本，可是在二十世纪五六十年代，一个中国作家是无法模仿这些东西的，对于社会主义现实主义文学来说，这种文本毫无用处。

3

高尔基天生应该成为明星似的人物，在一开始，他就是小说中的人物。一八八七年的冬天，十九岁的高尔基买了一把廉价的老式手枪,对自己的心脏开了一枪。劣质手枪救了他的性命,报纸上报道了这条消息,并宣布他的伤势很危险。据说高尔基留下了遗言:

> 我的死亡归咎于杜撰出心痛病的德国诗人海涅,为此,我交出一份专门准备的文件。请求将我的遗体解剖并检查是什么鬼东西近来在我身体里作怪。

这种传奇引人入胜,在我的阅读记忆中,有关高尔基的故事,大多是这种带有浪漫色彩的逸闻。对于他的作品也是如此,我喜欢那些带有流浪汉自传色彩的小说。不妨重温一下他的简历,十岁时,去鞋店当学徒,十一岁,在远亲的画店里当学徒,以后又当过水手,卖过神像,在剧院里跑龙套,做过园丁,做过看门人,当过合唱队的队员。这些都是他自杀以前的事情,也是作家应该体验生活常常要举的一个例子。是文学拯救了高尔基,他开始写作活动,像一颗流星一样从天空上划过,一下子极度刺眼地照亮了整个文坛。和高尔基取得的荣誉相比,诺贝尔文学奖或许算不了什么。一九〇二年高尔基就被选为皇家学术院的荣誉院士,因为沙皇尼古拉的反对,被取消资格。为此,柯罗连科和契诃夫愤而辞职,退还了自己的荣誉院士称号。

高尔基还是一位老资格的革命家,早在十月革命的十五年前,就认识了列宁。不止一次坐牢、被通缉、流亡,关押过他的牢房今天仍然是俄国著名的风景点之一。他总是和传奇故事有关,中国爆发了义和团运动,八国联军气势汹汹直扑北京,在这

样的背景下,高尔基突然动了要去中国的念头,他约了契诃夫,一心想到中国旅行,在给契诃夫的信中,他以十分热烈的口吻说:

> 到中国去的念头把我征服了。我非常想到中国去!我很久以来,都没有像这样强烈地愿望过什么事。

契诃夫回信拒绝了同去中国的请求,他可没有高尔基那么浪漫,告诉对方自己即使去,也只能是作为一名军医。契诃夫由医生改行当了作家,他的回答不无幽默,并且打消了高尔基的念头。然而高尔基对中国的关怀没有到此为止,辛亥革命后的第二年,他写信向已经下野的孙中山约稿,称孙为希腊神话中的一位英勇无双的英雄,希望他能谈一谈对欧洲特别是对俄国的看法。这封信或许是没有收到,或者孙中山身边一时没有懂俄文的人,反正此事不了了之,后人能见到的只是高尔基自己留下的副本。

高尔基是一个很容易当真的人,在后来的苏联作家代表大会举行的一次宴会上,为了调节气氛,小说家阿·托尔斯泰在讲台上说了几句笑话,内容无非是调侃作家,等他走下讲台,来到高尔基身边,高尔基让他坐下,带着很生气的口吻说:"见你的鬼,我真想用盘子打碎你的脑袋!"他是真的生了气,作家这样神圣的称号,在高尔基看来,开不得半点玩笑,在这方面,他似乎没有任何幽默感。另一个例子也很能说明问题,这是高尔基和契诃夫之间的一次戏剧性的遭遇,时间差不多就是邀请契诃夫去中国旅行前后。有一天,高尔基去看契诃夫的话剧,演出开始,观众发现了坐在包厢里的高尔基,于是在幕间休息时,崇拜他的观众拥了过去,一定要高尔基亮相,人越聚越多,最后竟然引发了骚乱。面对这些追星族,高尔基勃然大怒,怒斥他们太不像话,说自己既不是美女维纳斯,也不是芭蕾舞演员,更不是落水鬼和怪物。

  先生们,这是不好的。你们使我在契诃夫面前很难堪。要知道演的他的剧本,不是我的呀。而且又是那么美妙的剧本。契诃夫自己也在剧院里。丢脸!真丢脸!

  帕斯捷尔纳克称高尔基是"洲际人物",这显然不是恶谥。苏联作家同行中,真正像索尔仁尼琴这样对高尔基持否定态度的人,毕竟占少数。客观地说,高尔基的文学成就,早在十月革命之前就定了性,就已经有了定评,他既是社会主义文学的奠基人,同时也如阿·托尔斯泰赞扬的那样,是"俄国的最后一位经典大师"。苏联这名称是一九一七年十月革命之后的事情,而高尔基早在一九〇一年就产生了广泛的世界性影响,他的作品当时已经被大量翻译,欧洲的任何一种语言都出版了他的译文。无论是老年的列夫·托尔斯泰,还是盛年的契诃夫,都对年轻的高尔基十分看好。高尔基的作品给世界文学带来了很强的冲击力,他年纪虽然不大,却已经差不多是公认的大师了。

  我在许多文章中,读到了高尔基喜欢哭的细节。俄罗斯作家总是喜欢朗读自己的作品,无论是新完成的短篇小说,还是给演员介绍自己的剧本,他永远是一边读,一边流眼泪。在打动别人之前,他永远是先打动了自己。不仅自己的作品让他感动,别人的小说也很容易让他掉眼泪,因此,某位作者的某篇小说让高尔基哭了,并不是什么了不得的奖赏。有人甚至说高尔基读什么样的作品都可能眼泪不止。有一次,高尔基在台上演讲,说到老托尔斯泰,想到他已经去世,不由得痛哭失声,结果不得不捧着脸跑下台,哭上一阵,然后才能继续演讲。再也找不到像他这么容易流眼泪的家伙,老托尔斯泰逝世让他痛不欲生这不奇怪,当听到他离家出走的消息以后,高尔基也会像孩子一样失声痛哭一场。事后他自己都感到莫名其妙,因为他们的思想根本就不一致。老托尔斯泰提倡"勿以暴力抗恶",而高尔基的信念则是"我来到这个世界上并不是为了妥协"。不妥协是高尔基终身保持的一种姿态,尽管这种姿态后来越来越受到别人的质疑。张冰《白银悲歌》中,曾就高尔基的爱哭,写过一段很有趣的文字:

> 高尔基曾经说过,他只有当自尊心受到伤害时才掉泪,然而,实际上,他掉泪远不止于自尊心受挫这一种场合。有一次和孩子们看电影,当看到影片中一个扳道夫的狗崽子躺在铁轨上睡着了,而一列火车正轰隆隆地开过来,狗妈妈见此情景,撒开腿拼命迎着飞驰而来的机车,跑去解救小狗……高尔基又落泪了。在那一刻他想到了什么?是母爱吗?也许是吧。散场时,对着孩子,高尔基不好意思了,解嘲地说,对于制片商来说,他大概算一个好骗的观众了。

一九〇八年,高尔基断然拒绝了让他参加老托尔斯泰八十诞辰的邀请,在后人看来,这是一桩非常无礼的行为。然而,极"左"横行的年代里,他的这一行为,又被赋予了一层特殊的战斗色彩。高尔基对老托尔斯泰说过那么多的赞美之辞,他写的回忆托尔斯泰的文章,至今仍然是同类文章中最优秀的篇什。他的确也说过一些不太尊敬的话,他说老托尔斯泰喋喋不休说教,正在把年轻伟大的俄国,变成一个中国式的省份,把年轻的有才能的人民变成奴隶。他说托尔斯泰虽然把世界文学的目光移向了俄国,但是也带来了不好的东西,那就是让人民不要抵抗,放弃暴力。高尔基的这一拒绝显然是被误会了、夸张了,甚至是被有些恶意地利用,其实这不过是高尔基喜欢的一次戏剧性即兴表演。多少年以后,利用高尔基来批判老托尔斯泰,一度成为高校文学课程中重要的一个章节。高尔基变成了一个单纯的革命者,成了阶级斗争的简单工具。

4

高尔基留下了太多的逸事趣闻,有些不乏黑色幽默。一九二一年,新生的苏维埃俄国面临饥荒,一位初学写作的女诗人来找高尔基,目的是为自己的儿子谋求一份配给的牛奶。高尔基当即写了一个条子,为确保条子有效,他认真地在上面补了一句,说这孩子是自己的私生子。有一位公爵的遗孀让高尔基打听自己被捕的儿子消息,高尔基告诉她一个喜出望外的消息,她的儿子不仅没有被枪毙,而且还在写诗,因为这些诗刚寄给他。公爵遗孀信以为真,一心等着儿子回来,等着儿子的诗歌能够出版,真相却是这年轻人早已不在人世。

新的研究资料充分证明了作为一个人道主义者的高尔基的另一面,它揭示一个过去不太被中国人注意的事实真相。一九二一年,高尔基离开了苏联,过去的说法是列宁关心他的身体,让他出国养病,很多文章中都提到列宁的这句话:

> 您已咯血,竟然不肯走!这实在太过分了……到欧洲找一所好的疗养院医治,并可加倍做一些事情。

多少年来,列宁的这些话,一直是革命领袖关心作家的依据。事实却是,高尔基过多地干涉了苏维埃的工作,利用当局对他个人的尊重,没完没了地扮演慈善家的角色。他显然走得太远,新的革命政权已经无法容忍,因此最好的办法就是礼送出境,让他"走出彼得堡"。高尔基终于又一次走出国门,在沙皇时代,他流亡过,现在他又要走了。在站台上,司机和司炉听说是高尔基,非常渴望能见见他,高尔基激动地握着他们粗糙的黑手,当着送行的人群,泪如雨下,号啕大哭。

这一走,就是七年多,有些数据过去我从没有注意到,这就是作为社会主义现实主义文学奠基人的高尔基,在十月革命胜利后的大多数日子里,并不居住在苏联。一九二八年,高尔基这位已经六十岁的老人,再也忍受不了思乡之情的折磨,踏上了回国的旅途。他受到了规模空前的欢迎,乘坐的列车刚入国门,便有边防军人向他致以热烈欢迎,接下来,一路都是没完没了的欢迎仪式。列车在深夜抵达明斯克,车站和相邻的大街上,挤满了激动的人群。最后,在莫斯科,布置了盛大的仪仗队,党和国家的高级领导人毕恭毕敬地等候在那里,"人们迎接的不是一个普通的人,甚至不是一个作家,而是正逢纪念日的神"。

高尔基回国成了共产国际中的一个重要事件。在列宁时代,高尔基走了,现在是斯大林时代,高尔基又回来了。虽然高尔基只是回来看看,他的家还在意大利,随时随地可以离去。他成了当局最尊贵的客人,斯大林似乎很在乎别人怎么看待他和革命文豪的关系。高尔基逝世以后,一位画家在卫国战争的炮火中,花了三年时间,以斯大林去看望高尔基为题,画了一幅《领袖和高尔基》,因此获得国家文艺奖。由于斯大林的关照,高尔基一跃成为苏联最重要的人物,一座以高尔基命名的城市诞生了,时至今日,高尔基市仍然是俄国的第三大城市。他个人的名声和地位,一下子到达顶点,正像芝加哥出版的一份报纸上报道的那样:

> 在俄罗斯作家中,还没有哪一个能像高尔基那样受到国家如此隆重的礼遇,就连传统上称为宫廷作家、宫廷诗人的作家和诗人都没有享受过……至于别的作家和诗人,那就更不用说了。他们当中的大多数是迫不得已才在异国他乡消磨自己的时光,或者说,他们并不愿意离别祖国、遭受压制和种种痛苦。

站在金字塔尖上的人物

早在一九一七年十月革命前夕,斯大林就说过这么一番话:

> 俄国革命使许多人威信扫地。同时,这一革命的巨大威力还表现在不拜倒在任何"名人"的脚下,或者让他们效力,或者让他们灭亡,如果他们不愿意向革命求教的话。

斯大林死后,特别是苏联解体后,对高尔基的评价,回响着两种截然不同的声音。那种对高尔基大唱赞歌的颂词,早已不复存在,存在的只是要不要彻底否定高尔基。持坚决态度的人开始占上风,因为高尔基显然是被利用了,作为一个作家,作为一个革命的人道主义者,他成了瞒和骗的工具。简单化的完全否定,有利于人们发泄一种情绪,那就是对长期以来被掩盖的种种残酷真相的惊叹。只要想想这样一些数据,我们就会不寒而栗。漓江出版社在一九九八年出版了《高尔基传——去掉伪饰的高尔基及作家死亡之谜》,这部由当代俄国著名的高尔基研究专家在一九九六年写的书中透露,斯大林统治时期的苏联,杀的人远远地超过了希特勒对犹太人的屠杀,而在一九三六年高尔基死后的一年内,俄罗斯死亡的作家竟然多达一千多人,这些数字不是想当然,是经过专家论证的。

在上面提到的这本书中,作者以最新而有力的档案材料,考证高尔基并不是自然死亡。有关高尔基的死因,自从他咽气以后,就有过各种不同的传闻。自然死亡的说法一直受到怀疑。高尔基死后才两年,负责治疗的医生便被抓起来,罪名是他们在别人的指使下,杀死了社会主义文学的奠基人,而指使他们行动的是托洛茨基和布哈林。这个结论曾让苏联人民非常愤怒,一致认为杀害革命文豪的凶手十恶不赦。历史已经充分证明这些都是凭空捏造的不实之词,是欲加之罪,何患无辞。很多人都同意高尔基并非自然死亡,现在,一些专家更倾向于想要除去高尔基的,恰恰是作为伟大领袖的斯大林本人。越来越多的材料证实,晚年的高尔基和斯大林之间的关系并不融洽,事实上,他已经处于一种被软禁状态。在最后的几年里,高尔基不仅回不了意大利,他的一举一动都受到克格勃的监视。

高尔基遭到后人指责的最重要的理由,是失去了作家的良心,掩饰了苏维埃俄国的真相。他写的一组关于索洛维茨基劳改营的文章,是永远抹不去的耻辱。此外,他撰写的《"文化巨匠们",你们跟谁在一边》,特别是《假如敌人不投降,就消灭他》,成了斯大林文化清洗最有说服力的金字招牌。"敌人不投降,就消灭他",成了广为人知的行话,成了日常生活用语。在客观上,高尔基被最大限度地利用了。和资本主义社会的作家相比,晚年的高尔基失去了一个作家应有的批判精神,在红色的二十世纪三十年代里,全世界作家都在批判资本主义,高尔基却在掩盖苏维埃俄国的真相,而这种掩盖的后果是十分严重的。

5

如果能证实高尔基死于克格勃之手,或者说能证实他的死对斯大林政权有利,这对恢复革命文豪的个人形象有着极大帮助。老托尔斯泰曾对高尔基谈起过生活中遇到的两件事。在一个百花盛开的春天里,大地像一个乐园,小鸟在歌唱,一切都那么美好,正在散步的托尔斯泰突然看见路旁灌木下,两个灰色肮脏的老人,一男一女赤裸着,像小虫一样蠕动在一起。还有一次,是在秋天的莫斯科,一个喝醉酒的女人很不像话地睡在人行道上,一道污水正从她脑袋下面流过,她口里喃喃地说着什么,想爬起来,又跌倒在污水里,她的小儿子,一个金头发的男孩,在一旁伤心地哭着。这两个场景都让老托尔斯泰感到非常难过,觉得"只有人才能感觉到加在他肉体上的这种折磨的全部的羞耻和恐怖",他十分伤感地说:

  肉体应当是精神的驯服的狗,服从着精神的差遣,而我们呢,我们怎样生活呢?肉体骚动着,反抗着,而精神却悲惨地跟着它跑。

  接下来,托尔斯泰和高尔基开始了一段很认真的对话,讨论是否该在文学作品中描写丑陋的现象,高尔基的答案显然是肯定的,托尔斯泰却感到非常犹豫,他哆嗦着喊着上帝,说你不要描写这个,说这是不应当写出来的。但是他很快又流着眼泪纠正了自己的观点,他承认高尔基的想法是对的,什么都应该写出来,否则那个金头发的小男孩子会责备作家,说作家写的都不是真实的东西。真实是艺术的生命,失去了真实,也就失去了一切。

  也许高尔基并不是真心想掩盖什么,他努力过,试图了解更多的真相。在莫斯科，为了不让别人认出来，他化了装微服私访。在苏维埃俄国，他走了那么多地方，到处考察，到处听取意见，问题的严重性在于，他看不到任何不该让他看到的东西。他已经是一个六十岁的老人，容易激动，病歪歪的，很轻而易举地就可以将他骗过。在晚年，高尔基所阅读的一份《真理报》，甚至也是有关机构专门为他印制。这有点像袁世凯称帝时的情景，为了让老袁知道人民如何拥护他做皇帝，专门印了假的《顺天时报》给他看，因为当时北京的其他报馆接受政府津贴，都昧着良心说好话，只有《顺天时报》予以猛烈抨击，手下怕老袁不高兴，便玩了这花头。

说高尔基什么都不知道，并不能拯救他的声誉，而且他也不可能什么都不知道。研究者显然找到了他保持沉默的证据，此外，就算他都说了出来，究竟又会有多大的效果。早在十月革命前后，高尔基就用自己的嗓门大声呼喊过，新出版的《不合时宜的思想》是这方面的有力证据，这本书的内容在一九一八年曾经以小册子的形式发行过，然而以后一直被严密封存，无论是俄文版三十卷本的《高尔基全集》，还是我国人民文学出版社出版的二十卷本的《高尔基文集》，都见不到一篇《不合时宜的思想》的文字。这本不合时宜的书直到一九八八年才在俄罗斯重见天日，此时离它最初发表的日子，已经整整七十年。重读《不合时宜的思想》，不能不对高尔基刮目相看，恰如中文译本封底上的广告词说的那样：

高尔基是一座森林，这里有乔木、灌木、花草、野兽，而现在我们对高尔基的了解只是在这座森林里找到了蘑菇。

《不合时宜的思想》表现了一个伟大的人道主义者大胆、复杂、深邃、隐秘的思想。没有了这些，我们看到的只能是一个被阉割了的、被片面化的高尔基。

苏联人民希望高尔基在红色的二十世纪三十年代，能像资本主义国家那些保持批判姿态的优秀作家一样，发出一个健康的人道主义者的声音，希望他不仅是歌颂社会主义，同时也要批判这个制度下的种种弊端。这是一个伟大作家的责任之所在，作家是发出噪声的乌鸦，而不是粉饰太平的鹦鹉。《不合时宜的思想》对高尔基的声誉确是起着拯救作用，如今，研究者正在试图从各种途径寻找对高尔基有利的证据，从高尔基留下的大量从未问世的私人信件中，发现他不愿和当权者合作的蛛丝马迹。毫无疑问，高尔基是被斯大林最大限度地利用了，但是能够找到一些他的对抗，他的消极怠工，他的牢骚和愤怒，也许仍然不失为一件有意义的事情。

就一个领袖的作风而言，再也找不到一个人会像斯大林那样，把作家提高到了离谱的地位。斯大林把作家称为"灵魂的工程师"，他似乎很喜欢利用那些已经名声赫赫的作家，在他的客人名单中，有一大批走红的当代作家，譬如德莱塞、茨威格、萧伯纳、威尔斯、马尔罗、纪德、阿拉贡、巴比塞，这样的名单可以写出一长串。据说斯大林如此礼遇高尔基，一个很重要的个人野心，就是让高尔基写一本《斯大林传》，自从高尔基回国，斯大林就开始盼望这本书能够问世。高尔基显然让斯大林相信了，这是他创作计划中一定会写的一本书，然而却迟迟地见不到一个字。

斯大林和高尔基之间，双方都有一种被愚弄的感觉。对高尔基，斯大林保持了最大的克制，这是一件很不容易的事情，谁都知道斯大林是个说一不二的人物。高尔基回国以后，带有极"左"思想的"拉普"派，立刻对他发动了文化围剿，从时间上看，正好和中国当年的"太阳社"提倡革命文学，围剿鲁迅如出一辙。显然"拉普"的思想跟斯大林更接近，但是他毫不犹豫地惩治了他们，称他们的举动是"胡作非为"，"从根本上与工人阶级对伟大的革命作家高尔基同志的态度背道而驰"。斯大林在高尔基身上保持了最大的克制，这个铁腕人物对他常常网开一面，不过，克制毕竟是有限度的，极限迟早会被突破。

6

人们似乎更愿意相信，晚年的高尔基和斯大林处于尖锐对立的状态。在今日俄国的高尔基世界文学研究所，以及作为整体的两个部分之一的高尔基故居，工作人员会向来访者大谈高尔基最后如何和斯大林斗争。她们会告诉你，斯大林的特工人员，谋害了高尔基的儿子，晚年的高尔基一直处于被软禁状态，护士和情妇都是克格勃，他的一举一动都在监视之中。从表面上看，高尔基获得了一切，名誉，地位，亿万富翁的豪宅，美丽的女人，但是他失去了最宝贵的自由，而且更糟糕的，是他最后竟然被谋杀了。

　　参观高尔基故居,并不是件快乐的事情,这里阴森森的,高大的书橱里放着毫无生气的书籍,一个以整块大理石雕成的楼梯直通二楼。据说高尔基很不习惯这栋豪宅,一直像卡夫卡一样地生活着,总待在某个角落里不肯动弹,工作人员会告诉来访者,说他和生活在墓穴里没什么区别。无论是在故居,还是在高尔基世界文学研究所,都会有一种沧桑之感。昔日的辉煌一去不返,这里一度曾是世界文学的中心,是社会主义现实主义文学的大本营,可是现在却是又潦倒又破败。高尔基在生前已经过多地预支了他的荣耀,现在该是他走下神坛的时候。

　　甚至走进厕所也能看到这种颓败,没有现成的卫生纸供应,纸盒里只有撕成小片的过期报纸,而且还是彩色的,自来水龙头在漏水,墙壁的石灰层在剥落。这里的工作人员正顽强地坚守着最后的阵地,在研究所的档案室里,收藏着大量的高尔基档案,多得似乎永远也清理不完。高尔基是这个机构的注册商标,是一项专利,工作人员兢兢业业,大家都在努力维护着高尔基的形象,作为文豪的高尔基已经不复存在,然而作为一个人,一个人道主义者的高尔基,正悄悄浮出水面。高尔基不再仅仅是海燕、是丹柯、是母亲的儿子巴别尔,和遭到清洗死于非命的那些苏联时期作家一样,他也是受难者,是世纪长卷中一个令人咀嚼的悲剧性人物。

　　在高尔基故居徘徊时,我就意识到自己有一天会为高尔基写些东西,毕竟他给过我文学的养料。《伊吉尔老婆子》《二十六个和一个》《红头发的瓦西卡》，这些出色的短篇，加上他的自传三部曲，曾陪伴着我度过了青少年时代最寂寞的一段日子。这毕竟是一个影响过我祖父一代人，影响过我父亲一代人，也影响过我的作家，时过境迁，苏联帝国也早已崩溃，在对高尔基的一片唾弃声中，我忍不住想站出来说几句话。人生免不了误会，高尔基一生充斥着误会，这些误会被利用，被戳穿，最后还可能继续产生新的误会。问题的关键在于，人类究竟需要一些什么样的误会，因为误会的根源，说穿了还是在我们自己的内心。如果我们仅仅是徘徊在造神和弑神运动之间，永远简单地说"是"或者"不"，在推倒了革命文豪之后，完全可能被新的革命和不革命的文豪所迷惑，在挣脱旧的木枷锁之后，又戴上一副新品牌的不锈钢手铐。

永远的阿赫玛托娃

最初听到阿赫玛托娃这几个字,是一九七四年。经过八年轰轰烈烈的"文化大革命",年轻人对知识的沙漠化忍无可忍。一个写诗的小伙子,十分动情地说他要娶阿赫玛托娃为妻,在当时是一种极度夸张的示爱方式。我那年才十七岁,不知道阿赫玛托娃是谁,因为喜欢这个小伙子的诗歌,也附庸风雅迷上了她。其实阿赫玛托娃不过是小圈子中流行的象征符号,和这些符号连在一起的,还有巴尔蒙特、勃留索夫、洛尔迦,能见到的诗句差不多全是只言片语,大都在批判的文章中发现。我并不知道阿赫玛托娃已在一九六六年春天的寂寞中悄然离去,她的年纪是那样苍老,足以做我们的祖母或曾祖母。

多少年来,我一直在想这个奇怪的问题。究竟是什么魔力让我对阿赫玛托娃念念不忘,以至于每次提到她的名字,就仿佛又一次回到了躁动不安的文学青春期。我能够成为一个作家,从某种意义上来说,与阿赫玛托娃的影响分不开,然而很显然,我并不是真的被她的诗歌所打动,不仅是我,敢说有一批她的狂热崇拜者,都和我一样沉浸在想象的虚幻中。这些年来,我一直注视着与阿赫玛托娃有关的文字,一次又一次努力地试图走近她的诗歌。知道得越来越多,阿赫玛托娃就越来越陌生。比较她诗歌的不同版本,同一首诗的不同翻译,我越来越困惑,也越来越相信诗歌真的不可翻译。我们永远无法借助别人的中文真正走近阿赫玛托娃。

记忆往往靠不住,契诃夫死了没几年,大家就为他眼睛的颜色争论不休,有人说蓝,有人说棕,有人说灰。就像阿赫玛托娃不喜欢契诃夫一样,人们有时候只对喋喋不休的话题感兴趣,我们关注的是契诃夫眼睛的颜色,是女诗人是否喜欢他的那些议论。在话题中,契诃夫的作品已经不重要。我想,在一九七四年,中国会有一批年轻人迷恋阿赫玛托娃,她会成为一个小圈子里的重要话题,最直接的原因,还是因为文化的沙漠化,在那样的背景下,任何一片小小的树荫,都可能成为年轻人精神上的绿洲。在悄悄谈论阿赫玛托娃的年代里,一个叫郭路生的年轻人的诗歌也在广为流传。那首著名的《这是四点零八分的北京》并不是只打动了知青,事实上,知青的弟弟妹妹们也一样为诗中的句子感到狂热。

> 我的心骤然一阵疼痛,一定是
> 妈妈缀扣子的针线穿透了心胸
> 这时,我的心变成了一只风筝
> 风筝的线绳就在妈妈的手中

那时候大家都相信,这个后来以食指闻名的诗人,在车站与亲友挥手告别,面对着熙熙攘攘的人群,在火车汽笛的长鸣声中,脱口而出这首让众人热泪盈眶的诗。如果当时有人指出这诗与孟郊《游子吟》有继承关系,一定会成为愚蠢的笑柄,这就好比行走在大沙漠里,一个书呆子面对干渴不是拼命喝水,而是跳出来慢腾腾先对大家解析水的分子结构。那是一个饥不择食的时代,人们迫切地需要被一些东西打动,《这是四点零八分的北京》成了一把钥匙,轻易地打开了郁结在人们心头上的那把锁。

与阿赫玛托娃一样,诗人食指同样也有更多话题的意义。车站吟别更像电影上的一幕,显然它与真实有很大的出入。车站朗诵只是艺术化处理,因果关系已经被颠倒了,真实情景是经历了车站上离别的乱哄哄,诗人才在远去的火车上写成广为流传的诗。我一直觉得这首诗的幸运在于,首先,为诗人提供了一个机会,有感而发固然重要,更重要的是有感能发。正是因为可以写诗的这种能力,诗人的个人痛苦得以宣泄和升华。其次,才是诗人用自己的嗓子喊出大家的声音。个人和集体的需要结合在了一起,诗一旦诞生,便会在不同的地方被人传诵。换句话说,这实在是一个真正需要诗的时代,诗人生在这个时代才是幸运的。

阿赫玛托娃对于年轻人的魅力也在于此。我们更多地诉说着她的不幸,她的传奇。我们喋喋不休叽里呱啦,不是因为知道得多,是因为知道得不多。一个人被打动,根本不用知道太多。我们喜欢诗人食指,是因为他在当时发出了与众不同的声音,是因为一个典型的叛逆者形象,是他受到的不公正待遇,是他居住的精神病医院,如果我们知道,郭路生其实一直想成为被主流认可的诗人,他努力着,曾经花很多时间体验生活,为了写一部讴歌红旗渠的长诗,我们的观点也许会因此发生重大改变。同样的道理,阿赫玛托娃也没想过要当主流之外的诗人,文坛对作家的诱惑无时不在,没有一个诗人不想被认可。真实的情况只是,文坛无情地摒弃了他们。并不是他们硬要拒绝,而是所谓的主流中没有他们的位置,拒绝是一种迫不得已。

阿赫玛娃托在"文化大革命"前夕,像出土文物一样重新复活。这时候,她已经是一个七十多岁的老太太。这时候,斯大林已经死了十年。阿赫玛托娃连续获得了两项来自西方的荣誉,获得了意大利文学奖,获得了牛津大学授予的文学名誉博士学位,同时,她可能会获得诺贝尔奖的传闻也不翼而飞。虽然差不多又过了十年,阿赫玛托娃的名字才在中国部分年轻人中间流行,但是想一想此时正值中国的"文化大革命",这种姗姗来迟的文学反应就不奇怪。与帕斯捷尔纳克的结局一样,阿赫玛托娃也是在获得声誉之后的不久离开人世,荣誉不是喜剧收场,而是催人泪下的悲剧结尾。很显然,年轻人喜欢阿赫玛托娃,更多的是对当时的铁幕统治不满,是对枷锁的强烈抗议,换句话说,感动我们的,首先是诗人的不幸身世,是他们的遭遇,其次才是诗本身,其次才是诗人获得的荣誉。

站在金字塔尖上的人物

文章憎命达,诗穷而后工。虽然诗人常被看作历史的宠儿,动不动加以桂冠的头衔,而且天生感觉良好,真实的境遇却恰恰相反。爱伦堡回忆巴尔蒙特,说有一次挤电车,因为人多,他竟然扯着嗓子叫开了:"下流坯,闪开,太阳之子驾到!"自然没有人会理睬他,巴尔蒙特的幸运只是没有因此挨揍,最后不得不步行回家。同样的故事也发生在中国诗人身上,朱自清的日记中就记载着这么一段逸事,他与一位诗人在法国挤公共汽车,这位诗人要和别人论理,结果被身高力大的洋人像抓贼似的扔到了车下。诗人精神上的强大,与现实生活中的孱弱正好形成对比。普希金被誉为俄罗斯诗歌的太阳,月亮就是阿赫玛托娃,但是比起形容她为月亮,诺贝尔奖得主布罗茨基称她为"哀泣的缪斯"更确切。

阿赫玛托娃生前最喜欢庆祝的节日,是斯大林的忌日,她自己升入天堂的日子正好也是这一天。巧合可以作为话题供后人无数次咀嚼,对于喜欢阿赫玛托娃的人来说,说到这一点不得不深深感叹。在整个白银时代的诗人中,阿赫玛托娃不是最不幸的,然而却是一位活得最久的历史见证人。她是这个时代的象征,是一种精神力量的代表,在一九七四年,喜欢阿赫玛托娃,意味着同时也在向那些杰出的诗人表示致敬,他们是在法国潦倒而死的巴尔蒙特,被枪毙的古米廖夫,死于集中营的曼德里施塔姆,流浪在外无家可归的茨维塔耶娃,以及自杀的马雅可夫斯基和叶赛宁。喜欢阿赫玛托娃,意味着我们向往那个闪烁金属光芒的诗歌岁月,意味着对反叛和决裂的认同,意味着为了艺术,应该选择苦难，选择窘境，甚至选择绝望。

一九八九年，联合国科教文组织将本年度命名为"国际阿赫玛托娃年"，纪念这位伟大诗人的百年诞辰。在记忆中，这并不是一件大不了的事情，几乎没有给我留下任何印象。这个时候的阿赫玛托娃真的老了，老态龙钟，满脸皱纹，超级大国的苏联解体在即，她的诗歌变得不重要，变得可有可无。阿赫玛托娃是禁锢年代的产物，坚冰一旦打破，解冻成为事实，她也就真正地从前台退到了幕后。十年以后，《阿赫玛托娃传》出版时，只印了一千本，后来又出版了一本《哀泣的缪斯》，印数同样很少。

阿赫玛托娃在中国的崇拜者，集中在"文化大革命"后期。人数不一定很多，但是质量很高，特别痴情，特别疯狂。人们在批判的文字中，寻找着有关她的语言碎片，不多的几首译诗被到处传抄。阿赫玛托娃成了真正的传奇人物，在那个年代里，只要是说说她的故事，就足以激动人心。对于阿赫玛托娃的崇拜者来说，任何一句亵渎的话都是绝对不能容忍。阿赫玛托娃代表着一种诗歌精神，代表着一种艺术追求的终极目标。这些狂热的崇拜者中，有个别人后来成了轰动一时的朦胧诗主将，成了中国诗歌界的佼佼者，然而大多数人都沉寂了，与诗歌挥手作别，与阿赫玛托娃再也没有任何恩怨。毕竟那个时代结束了，那个孕育诗歌的土壤已不复存在。

关于海明威的问答

1. 你什么时候开始知道海明威的？

一九七四年，那一年我十七岁，初恋文学，像刚学会游泳的孩子，一头扎进了外国文学的海洋。十七岁以前，我是法国文学的忠实读者。我大段大段摘抄雨果的《九三年》，常常感动得流眼泪。十七岁那年的秋天，有一个瘦瘦的老头给我和我的堂哥三午出了个题目，这就是写下你读过的最好的外国文学作品二百种。

我和堂哥东拼西凑，临了发现自己陷进了一个绝对的难题。我们一向以读书多感觉良好自居。"文化大革命"造成了一代人没书读，好在像我们这样所谓的书香门第，竟然不幸中大幸，不但有书读，而且有太多的富余时间。

读两百种书不难，难在要靠自己的判断说出什么是好书。给我们出难题的瘦老头是傅惟慈先生，这位最早把托马斯·曼

关于海明威的问答

《布登勃洛克一家》介绍给中国读者的教授先生,当时闲极无聊,像纨绔子弟一样玩西洋音乐之余,和我们一起凑二百种书目。事实上,凑到五十多种,游戏便结束。好书太多,好书并不多,任何读书人都会有这种感觉的。用机械的数字来判断价值,本来就是个不可救药的笨办法。我们开的书目中,自然少不了常见的第一流名著,我喜欢雨果,三午喜欢托尔斯泰,其他如陀思妥耶夫斯基的《卡拉马佐夫兄弟》、狄更斯的《双城记》、契诃夫的《樱桃园》、大仲马的《基督山恩仇记》、霍桑的《红字》等,都老老实实罗列在案。这个书目掺了不少水,许多作品完全被名气吓住了。为了给傅惟慈先生面子,我们没敢漏掉《布登勃洛克一家》。

在那个充满个人偏见的书目中,除了托马斯·曼,除了雷马克的《凯旋门》,另一部得到我们青睐的二十世纪作品,就是《永别了武器》。给海明威一席之地,实在是因为我们当时正好喜欢的缘故。海明威和二十世纪的大师们放在一起简直像个顽童。

《永别了武器》是我读过的第一本海明威作品,很难说一开始我就被这小说震慑住。我佩服海明威,最简单的原因是当时正在读爱伦堡《人·岁月·生活》。在爱伦堡这部长河一样的回忆录中,多次提到了传奇般的海明威。和读十九世纪大师们的作品不一样,在接触海明威的作品之前,我已经迷上了活生生的海明威。他作为艺术家的传奇经历,深深刺激了我这个蠢蠢欲动的文学少年。热心的读者可以有几种,有时候,你只是孤零零的作品的读者,你为小说中的人物情节激动或者悲哀,有时候,你却发现自己既是作品的读者,同时又是作者的读者。你不仅迷恋作品,而且迷恋作者本人。

2. 你读过哪些海明威作品?最喜欢的是哪一部?

海明威的作品,读得不算太多,也不算太少。在我刚迷上海明威的时期,能见到的译作不多。除了《永别了武器》外,我当时读的有马彦祥译的《在我们的时代里》,有冯亦代译的《蝴蝶与坦克》,有马彦祥译的《托勒波康》。海观译的《老人与海》最初刊登在一九五九年的《译文》上,但是我读到的,已是海观在二十年后送给我祖父的重版书。这是中英文对照本,它一度成了我学英语的课本。而读《流动宴会》《过河入林》《海流中的岛屿》,却已经到了八十年代。我早过了爱好海明威的时期。我进入了文学的新时期。海明威的作品仿佛始乱终弃的情人,我只是随便翻了翻,并没有认真读完。海明威风格的小说确确实实过时了。

至于说到最喜欢的海明威作品,我没有办法回答。海明威对我来说是个整体。他最好的作品,或者是《永别了武器》,或者是《老人与海》,当然也更可能是他的短篇。在具有世界性影响的作家中,能把短篇小说写得像海明威那么出色的作家并不多。我读过起码三种关于海明威的传记。"迷恋"这词对我绝非夸张。很长时期内,海明威是我的师傅,我反反复复读,老老实实学着写。海明威的几本书一度成了我唯一的文学读本。对于文学青年来说,海明威至关重要。他的风格流动在他任何一本作品之中,只有书呆子才会武断地下结论,才会像梁山泊好汉排座次,或者像田径赛,在貌似公平的规则下决出胜负来。

3. 海明威对你究竟有什么影响?

太多了,一个海明威教给我的东西,抵得上大学里所有老师传授给我的学问。譬如在怎么做作家这一点上,是海明威首先让我明白了写作行为本身的重要性。写作行为和写作目的是两回事。

我的文学道路和许多人不一样。很长时期内,我的作品和时代的文学风气合不上拍。文学梦想对我将是一次终身的折磨。在个人文学起步的岁月,我最倒霉的一个乐章,便是不断地和退稿作斗争。退稿永远是个痛苦的记忆。我之所以开始写小说,原因在于和一班兴趣相投的朋友办民间刊物。那是一个文学热的时代,我们试图以油印的刊物和公开出版的文学杂志打擂台。我的第一篇小说,写"文革"中一个受压抑的中年人,酒后胡说八道,清醒过来,因为恐惧打算跳崖自杀,临死前,他把前来营救的工宣队、军宣队,以及众多的围观群众骂一顿,痛痛快快地骂了一顿,骂完以后,原来想死的念头烟消云散。这是非常蹩脚的故事。

我的第一篇小说就发表在我们自己办的油印刊物上。然而这刊物很快就流产了。写小说的念头一旦被触动，犹如所罗门的瓶子被打开，真所谓欲罢不能。阵地已经失去，我的小说却一篇篇接着制造。退而求其次的办法是在公开杂志上找出路，我开始像放鸽子一样，往外面寄小说。最初的公开发表并不算太困难，我的小说在杂志上公开亮相是一九八〇年。一年内，我发表了五篇小说，这五篇小说用了三个笔名。除了一个爱情故事外，其他四篇都登在刊物末条的位置上。小说能够变成铅字公开发表是个了不得的鼓励。刚开始写小说的年头里，我很有些才华横溢的味道。我在一个暑假里写了八个短篇，除此之外，还骑车数百公里去江南快快活活地玩上十天。那是个精力太充沛的时代，写小说对我来说太轻松太有趣。

我所遭到的迎头痛击，是小说发表突然受挫。寄出的小说像训练过的鸽子一样，毫无例外地纷纷飞回来。我收到无数嫌我小说主题太模糊的退稿信。整整五年里，尽管我不断地在写，在改，我一个字也发表不了。这五年是个磨难，我整个地失去了信心。当然，我是指发表作品的信心。我就像那个可怜的叫作桑提亚哥的老人，陷入了一场注定要输的战斗。我咬牙切齿地写，为了不让退稿破坏我的情绪，我是一下子寄出去好多篇小说。然后等收齐了，在不打算写小说的日子里，重新寄出去。到了后来，既然毫无发表的希望，我干脆将稿子都放在抽屉里。我的抽屉里放过三十万字在当时看来毫无发表希望的作品。

4. 你以上所谈的,是不是指海明威对你在逆境中如何写作起了重要影响？你能不能具体地谈谈海明威作品对你作品的影响？

写作行为和写作目的是两回事。这是海明威给我的最重要的启迪。写作行为永远是孤独的,永远被人误解。稿费制度对文学繁荣是刺激,同时也是场灾难。写作行为应该是人生的一种需要,是人的生命的一部分。小说家必须"天天面对永恒的东西,或面对缺乏永恒的状况"。不发表作品只是微不足道的逆境,任何一个不同凡响野心勃勃的作家,他将不仅仅是在逆境中起航,而且会在逆境中度过一生。写作行为本身便是对逆境的挑战。可以称之为逆境的东西实在太多。文学大师们逼人的光辉压迫着我们,官场名利诱惑着我们。《老人与海》的意义就在于它揭示了我们的处境。任何小小的胜利都不足以改变作家注定失败的命运。发表作品也好,转载有评论也好,堂而皇之得奖也好,所有这些属于写作行为结束以后的东西,都改变不了作家的必败处境。作家佩服大师的真正用心,在于不自量力地想击溃大师。他向别人已经成功的作品挑战,向自己完成并获得世俗好评的作品寻衅,他野心太大因此必定失败。失败本身无关紧要。好的作家,应该永远处在"继续探索那些未到达的领域的新起点"上,写作行为永远是开始,永远没有结束。唯一的结束是失败,是死亡。

站在金字塔尖上的人物

如果要谈海明威作品给我的具体影响,那实在太多。对于一个把海明威小说当作文学课本来读的人,他潜移默化所受的益处无穷无尽。我自己试图写的第一个小说集,就是在形式上整个地模仿《在我们的时代里》。我的小说《五月的黄昏》中的林林,便是海明威笔下的涅克·亚当斯。我以林林为主角,写了一系列小说,写童年,写少年,写知道性和认识性。毫无疑问,绝大多数的小说都失败了,以至于有几篇我一直藏拙收好,不好意思拿出去。我新写的一个中篇《采红菱》的主角也还是林林,这可以算作海明威的影响在我作品中残存的阴影。

海明威教给我许多尺度。他在《永别了武器》中写道:"冬天一到,雨便下个不停,雨一停,霍乱也跟着来了。幸亏当局设法防备,军队中只死了七千人。"这说话的腔调和道貌岸然的逻辑关系,使我获益匪浅。这腔调和道貌岸然的逻辑关系,足以使我重新认识生活认识世界。在这段不起眼的话语中,我感悟到一种新的哲学。海明威喜欢说一些似是而非的话,比如著名的冰山理论。似是而非其实就是真理,真理向来似是而非。

我从海明威那儿"偷"来了许多东西。尺度这词最恰当不过。我十七岁开始读《永别了武器》时,堂哥三午开导我说:"你注意到没有,海明威是怎么写性的,他全写了,可一点都不黄。"他在这儿谈的是海明威写性的分寸。性是海明威小说中重要的主题。海明威把该写的全写了,可他坚决地不色情。无聊的作家不是把性写得太美,就是写得太丑。很难明白,为什么大家老是不肯实事求是地对待性,只要读读当代的许多作品,留心一下作品的反响,便会非常生气地发现,无论作者也好,读者也好,在性这个问题上都不能实事求是。不是把它不当回事,就是太当回事。

5. 你对冰山理论有什么见解?

这太简单了,没什么见解。海明威不过是捡了个现成的例子。太简单了,现代小说你不这么写,就不行。现代作家不按照冰山理论去写作是个非常危险的冒险。冰山理论是现代文学的ABC。也许突破这一文学的 ABC 会有非常的成功。反正我暂时不打算冒险。

6. 你如何评价海明威的语言?

海明威是我的恩师,我当然会说他的语言好。和汉语比起来,西方语言总让人有一种丰富华丽却又太繁缛的感觉。我们都有欧化语言意味着句子太长的经验。海明威仿佛梁山泊的黑旋风李逵,挥动两把板斧,把英语乱砍一气。海明威引起了小说语言的一场革命,我们坐享其成,不过是充分利用了这种成果。他的语言革命已经成了文学的一种传统,海明威式的行为和海明威式的对话,在今天已带有了不小的贬义,任何一个生硬的模仿者,都是走进了文学的死胡同。

学习海明威,要紧的是学他活的精神。他的造反和革命性是最好的遗产。

海明威的语言令人想到铁石心肠不动声色。冰冷的描写和含蓄破碎的对话,是海明威留给后来人写作省略的规范。不幸的是,任何规范很快便会显现出其保守性。成功的例子都可能有这样的糟糕的结局。海明威用板斧在文学语言的荆棘中,劈开了一条生路。这条生路却因为过分程式化、公式化而变成新的死胡同。当代有志的小说家职责之一,就是从前人的文学死胡同中找出新的生路。

海明威的语言是文学语言的一个高峰。他是那为数不多的对语言有特殊情感的作家之一。他迷恋语言,就像一如既往地迷恋他笔下的那些冰冷的硬汉。他对语言的态度,足以使我们感悟到作家这一职业可能会有的崇高。语言是文学的载体,只有通过它,才能让我们脑海中一瞬即逝的思想固定下来。作家所做的一切努力,不过都是为了寻找最有效的、能迅速准确甚至创造性地固定思想的语言。语言是镣铐桎梏,打破一些镣铐和桎梏,本意仍然是为了制造出新的来。

对语言的评价,应该现实主义,那就是看它是否最有效。为了最有效可以不择手段。简洁、晦涩、充满象征和暗示、华丽,凡此种种,都无所谓。语言是丰富的容器,盛得下一切美好的东西。海明威的语言是美好的,它实在是道好菜。

关于略萨的话题

去上海的列车上，断断续续一直在想，今天的活动应该说些什么。略萨先生到中国来了，最新的诺贝尔文学奖得主闪亮登场，将和中国的热心读者见面。媒体上早已沸沸扬扬，我从来就不是一个擅长言辞的人，尤其不喜欢公开场合说话，今天既然专程赶过去捧场，肯定要说几句。

我知道将会遭遇一个非常热闹的场面，外面下着雨，忽大忽小忽冷忽热，典型的江南梅雨季节。在会场上，活动正式开始前，我见到了很多朋友，安忆来了，陈村来了，小宝来了，诗人王寅来了，李庆西夫妇从杭州赶来。这些熟悉的朋友让人感到亲切，我突然意识到，即将开始的文学聚会将成为一段文坛佳话，是文学的名义让我们又聚集一起。

我几乎立刻意识到，大家在这里碰面，并不是因为某位诺贝尔奖得主要大驾光临。毫无疑问，如果没有这个大名鼎鼎的奖项，我们这些人肯定也会赶来，因为我们都读过他的小说，我们喜欢这个作家。事实上，这个活动早在一年前已经开始筹办，那时候，没有人会想到略萨会得诺贝尔文学奖，出版方也没有在赌他会得这个奖。

如果有人不相信我的说法，可以上网搜索。一年半前，新版的略萨著作刚推出，我曾写过推荐书评。也就是在那个时候，出版社告诉我，他们不仅出版了略萨的一系列作品，并且将邀请他来华，为他做一连串的宣传。有关略萨将来中国的消息，早在那时候就有报道。

很显然，如果没有诺贝尔文学奖，今天这活动仍然也会按期举行。很显然，如果没有这个奖，活动的热闹会大打折扣。

略萨先生出场了，掌声、灯光、呼唤，一切都没有出乎意料，完全像个大 party。计划中，我和甘露将作为嘉宾，上场与略萨进行对话。在这样喧嚣的场合，甘露显然比我老练，他与略萨一样穿着西装，没有系领带，又正式又休闲。

对话前是朗诵，大段的中文朗诵，地点在戏剧学院的一个小剧场，标准规范的普通话，声情并茂抑扬顿挫。不能说朗诵得不好，应该说很好，很科班很学院，可是总有点格格不入，也许盗版碟看得太多，我已经习惯了配字幕的原声带，更喜欢原汁原味。

接下来，终于轮到略萨，终于听到了他的声音，真人的声音。略萨开始为听众朗诵《酒吧长谈》，我们听不懂他在说什么，懂不懂并不重要。我们更愿意听这声音，这也许就是大家今天来这里的目的，毕竟这才是原汁原味。毫无疑问，略萨的朗诵是今天活动中最精彩的一个片断，有幸耳闻，有幸目睹，足够了。

我已记不清自己说了些什么，有些紧张，不是因为面对大师，更不是因为诺贝尔奖。在公众场合，我都是这样没出息，大脑会不听使唤。准备了很多话，有的忘了，有的突然不想说了。也许，写作的意义就在于此，因为借助笔，或者说借助电脑，我们可以把思想的火花用文字固定下来，让白纸上落满黑字。很显然，作家能够成为作家，不是他会说，而是他能写。

我向略萨表达了感激之情，我告诉他，中国作家面对世界文学，向来是谦虚的，我们的父辈，父辈的父辈，对外国文学中的优秀作品，始终抱着一种虚心学习的态度。我没有说，他是我见到的第一位活着的诺贝尔奖作家，尽管事实就是这样。我也没有向他表示祝贺、吹捧和赞美，说他是多么了不起。作为最新的一届得主，他正处在花丛和掌声之中，会在中国获得非同寻常的礼遇。作为一个写作者，他获得的荣誉已经太多了。

我觉得应该告诉略萨，与他一样，我们这一代作家，都是世界文学的受惠者。跟他一样，我们也读雨果，读托尔斯泰，读海明威和福克纳，读萨特和加缪，读博尔赫斯，读鲁尔福，一本接一本地读称为文学爆炸的拉美作家。略萨代表的这一代拉美作家，对我们这些刚走上文坛的青年人，有着不一样的意义。当然，并不是说他们就一定比前辈更出色，而是因为他们对于我们来说是活生生的现实，是与我们同时代的当代文学一部分。虽然相差了二十多岁，我们面对着同一个太阳和月亮。

必须承认，拉美文学爆炸的一代作家，是我们学习的榜样，是我们效仿的楷模,是我们精神上的同志。我们的目标很明确,既想继承世界文学最精彩的那些部分,同时也希望像拉美的前辈一样,打破既定的文学秩序,在世界文学的格局里,顽强地发出自己的声音。

拉美文学的爆炸,影响了世界。我们是被影响的一部分,我们是被炸,心甘情愿地被狂轰滥炸,因为这个,我们应该表示感激之情。

文学对话开始前,主持人对我说,因为话筒不够,待一会话筒到了你手上,就由你来控制局面,最好不要冷场。几乎在第一时间,我便想到有甘露,既然主持人可以把话筒推给我,我当然应该毫不犹豫地推给他。结果,当我和甘露各说了一段话以后,我们竟然哑场了,一时不知道说什么好。

幸好甘露临时想到了一个话题,让略萨的演讲源源不断地说下去。略萨显然是有备而来,大谈他的文学影响和传承,大谈他的文学同行,说博尔赫斯,说鲁尔福,说马尔克斯。事实上,这些都是我们熟悉的话题,是我们已经知道的文学史,说是课堂上的老生常谈也不为过。类似的演讲肯定不是第一次,众口永远难调,略萨的表现非常得体,大度、谦虚,同时又十分自信。

略萨的谈话洋洋洒洒,说世界文学的影响,他报了一大串名字,轻轻带过了中国文学。因为担心进一步地冷场,我不得不准备了一个近似八卦的话题,真要是无话可说,就逼他谈谈对中国文学的印象。好在已经用不到了,我们的对话很快到了尾声,到

关于略萨的话题

了听众的提问时间,话筒又回到了主持人手上。

客随主便,到人屋檐下,不能不低头,就算是再尊贵的客人,略萨也必须继续老生常谈,不得不回答和重复那些自己或许根本不愿意说的话题。诺贝尔文学奖对他有什么影响,对人生有什么改变。既然是第二次来上海,对上海的印象怎么样,上海有了什么样的巨大变化。对专业写作和业余写作有什么样的观点,一个作家究竟是应该业余写作,还是成为一心一意的专业作家。

和大多数演讲者一样,略萨对这些老套话题很有耐心,友好、真诚地掏着心窝。

略萨回答听众提问的时候,几个学生模样的人开始退场。你可以说这些青年人很无礼,也可以说他们特立独行,非常自信,应该有这个自由,根本不在乎演讲者的诺贝尔奖光环。我不知道略萨是怎么想的,他无疑也会吃惊,会略微有些不爽,但是还在继续回答,仍然继续发挥。我却感到很羞愧,这就是今天的文学现实,无论你是多大的腕儿,都可能只是突然热闹一番,一下子聚集了许多人,灯火辉煌掌声四起,大家更可能不是奔文学而来,更可能凑个热闹抬腿就走。我的女儿也在现场。作为一名父亲,如果我女儿此时此刻做出这样的无礼行为,我一定会事后教训。同样,如果我是学校的老师,肯定会告诫学生,你们可以不去听某人的演讲,中途三三两两退场,既是不尊重别人,也是不尊重自己。

站在金字塔尖上的人物

略萨说起自己刚开始文学创作的艰辛,那时候他太年轻,为养家糊口,一下子兼着好几份工作,在图书馆打工,当记者,最让人吃惊的,还有一份活儿竟然是为死人作登记。他讲述了一个写作者最可能面对的悲哀现实,为了喜欢写,为了能写,你也许必须先找一个管饭吃的工作,这份工作很可能是你非常不愿意干的。

现场有同声翻译,有些片断完全听明白不容易,但是略萨说的这段话我听得非常清楚,太直白了,是个人就应该完全理解。事实上,大多数热爱写作的人,都可能有过这样的经历,都有过类似的强烈感受。有趣的是,某些媒体人士与我理解的并不完全一样,最不靠谱的还是网上的反应,这段话到了某记者笔下却成为这样,而且被广泛转发:

> 下午去采访略萨与中国作家对话,老头说,他不支持"专业作家"这样的做法,很多优秀经典作品都是在艰苦的环境下诞生的,作家如果被养起来,是没有感觉的。当时,坐在他身边的叶兆言和孙甘露,貌似脸都绿了。看来这就是中国出不了诺贝尔文学奖的真正原因了。这个当了一辈子记者的老头,真犀利。

略萨并没有当一辈子的记者,这完全是想当然,自说自话。作为一名职业作家,略萨一直在追求一个能够安心写作的环境,幸运的是得到了,他可以自由地写作,而不是为了饭碗去工作。艰苦的环境与诺贝尔奖没有直接关系,略萨绝对没有说不支持

"专业作家",很显然他根本弄不明白中国特色的所谓"专业作家",他所关心的只是,一个写作者能否全心全意地写作,是否全身心投入,对于一个作家来说,除了写外,没有什么比写更重要。

略萨也许是小说家中最关心政治的人,他关心政治,投身政治,竞选过总统。这不代表所有的写作者都应该向他学习,事实上,绝大多数作家根本不擅长政治,政治跟文学从来都是两回事。政治的肮脏远比我们的想象更糟糕,更令人生厌,略萨的幸运在于他被政治戏弄,最后幡然醒悟,不得不叹着气远离了这个该死的泥潭。

略萨的意义,不在于他曾经是极端的左派,后来又成为坚定不移的右派。拉美作家皆不太甘于寂寞,血管里盐分多,力比多也强烈,坚决不回避政治。马尔克斯喜欢古巴的卡斯特罗,为抗议智利政变,文学罢工五年。略萨有过之无不及,年轻时参加共产党,学习马列著作,研究毛泽东思想,后来思想右倾,成为政党领袖,参加总统竞选,一度还处于领先,眼看就要黄袍加身,最后输给了那个日本人藤森。

略萨的意义,在于写出了优秀的文学作品。因为一连串优秀的小说,我们这些热爱文学的人,有幸聚会在此,愿意走到这里来。政治上的失败成全了他,同时也给了我们这次愿意相会的理由。

带了一本初版的《青楼》赶往上海,让略萨在上面签名留念。这是我很多收藏中的一本书,这么做既表示对作者的崇敬,更是对一个逝去的阅读时代的怀念。三十年前,略萨的这本书第一版就印了五万册,如今虽然有诺贝尔奖的光环罩着,新版印数并不乐观。

美好的阅读时代离我们越来越远,文学的生存处境越来越糟糕。不止在中国,在世界范围内,差不多都这样。阅读已不重要,已处在边缘的边缘,今天的大众更关心话题,更喜欢浮光掠影的报道,更愿意看网上犀利的议论。略萨来了,略萨很快就要走,如果我们没有因此去触摸他的文字,年长者没有重温历史,年轻人还是不愿意阅读,他或许就真是白来了。

去见奈保尔

中国的文化人对于西方，始终保持足够敬意。作为一个东方文明古国，向往西方可以说有悠久传统。东汉时期开始了轰轰烈烈的佛学运动，这是中国历史上第一次西化。

今天的西方人眼里，佛教代表东方，在古时候中国人心目中，佛学非常西方。唐朝一位皇帝为一个和尚翻译的经书作序，产生了一篇书法史上有重要地位的《圣教序》，用到了"慈云"这个词，所谓"引慈云于西极"，把佛教的地位抬得极高。在皇帝的序中还有这么一句话，"朗爱水于昏波"，意思是说水这玩意本来是很好的东西，充满爱，现如今却被搅浑了，不干净了，于是通过教化，通过引进的西方经典，又能够重新变得清朗起来。

那个会翻译的唐朝和尚，是中国古代最伟大的翻译家，后来成了小说《西游记》中的重要人物唐僧。不过一旦进入小说领域，方向立刻改变，佛学内容已不重要，重要的是如何才能到达西方，换句话说，是如何抵达的过程。事实上，它说的就是几个流浪汉如何去西天取经的经历，既然是小说，怎么样才能让故事

站在金字塔尖上的人物

更有趣和更好玩,变得更重要。《西游记》生动地说明了向西方取经学习的艰辛,必须要经过九九八十一次磨难。

中国古代文化人敬仰西方由来已久,都喜欢在佛学中寻找安慰。自称或被称"居士"的人很多,李白是青莲居士,苏轼是东坡居士,文化人盖个茅屋便可以当作修行的"精舍"。佛学影响无所不在,说得好听是高山仰止,见贤思齐,说得不好听就是"妄谈禅",不懂装懂。

古代这样,近现代也这样,我们前辈的前辈,祖父曾祖父级的老人都把外国小说看得很重,譬如鲁迅先生,就坦承自己写小说的那点本事,是向外国人学的。我的父亲是一名热爱写作却不太成功的作家,也是一个喜欢藏书的人,我所在那个城市中的一名藏书状元,他的藏书中,绝大多数都是翻译的外国小说。

我们这一代作家更不用多说,我曾经写过一篇很长的文章,谈论外国小说对我的影响,有一句话似乎有些肉麻,那就是外国月亮不一定比中国圆,小说确实比中国好。又譬如再下一代,我们的孩子们只要兴趣在文学上,他们就不敢怠慢外国文学。我女儿在大学教授外国文学,知道我要去与获得诺贝尔奖的奈保尔先生见面,很激动,大热的天,也想赶往上海凑热闹,被我阻止了。因为我知道,尽管她英文很好,完全可以和自己偶像对话聊天,但是显然不会有这样的好机会,乖乖地待在家看电视算了。女儿拿出一大摞藏书,有英文原版的,也有香港繁体字版和大陆版,让我请奈保尔签名。书太多了,最后我只能各选了一种。

毫无疑问,对于精通外文,或者根本不懂外文的中国人来说,翻译永远是一门走样的艺术。就像佛经在中国汉化一样,外国文学名著来到这,必定是变形的、夸张的,甚至是扭曲的。这也是一种无可奈何的选择,就像优秀的中国古典诗歌用现代汉语翻译一样,利远远大于弊,得到要远比损失多得多,它们给我们的营养、教诲、提示,甚至包括误会,都具有不同寻常的意义。它们悄悄地改变了我们,而且不只是改变,很可能还塑造了我们。

二〇一四年八月十二日,如约在上海见到了奈保尔。我不是个喜欢热闹的人,这次参加国际图书展,也是因为有本自己的新书要做宣传。不管怎么说,能与奈保尔见一面,也可以算一件幸运的事,毕竟他是近些年得奖作家中的佼佼者。不过凡事都怕比较,同样是诺贝尔文学奖得主,与几年前的略萨先生出现不一样,这一次显得更加隆重。

或许是身体不太好的缘故,只要是奈保尔一出现,难免前呼后拥。他坐在轮椅上,突然被推进了会客室,立刻引起一阵混乱。一时间,真正感到困惑的是奈保尔,他显然不太适应这样的场合,大家过去跟他握手,翻译大声在他耳边提示,他似懂非懂地点头,微笑,再点头,再微笑。

会客室里放着一圈大沙发,这场面照例只适合领导接见,不便于大家聊天。沙发太大,人和人隔得太远,说话要扯开嗓子喊,这会显得很无礼。奈保尔十分孤单地被搁在中央,依然坐在轮椅上,也没办法跟别人说话。记者们噼里啪啦照相,不断有人上前合影,我无心参与这样的热闹,远远地用手机拍了几张头像,不是很清晰,只觉得他有点不耐烦,有点无奈,有点忧郁。

接下来与读者见面,对话,然后晚宴。印象最深的是提问环节,问是否接触过中国文学,他很坦白地说没有,问是否和中国作家打过交道,答案还是没有。回答很干脆,直截了当。晚宴上,我过去给他敬酒,他很吃力地听翻译介绍,很吃力地举杯,看着杯子里的红酒,轻轻地抿了一口。

奈保尔签名很认真,字不大,布局很好,写在非常适合的位置上,浑然一体,仿佛印在书上一样。带了四本书,每一本都写了,看到他那么吃力,真有些于心不忍。

横看成岭侧成峰

小时候看外国小说,都是混杂在一起的。外国小说是一个整体,是一大排书,没什么这国家那国家的区别。我们家的书特别多,有好几个大书橱,从识字开始,我就习惯去琢磨那些外国人名书名。中国人形容黑暗有句俗话,叫"伸手不见五指",我觉得这比喻描述自己的外国小说知识正好合适。

我一直在想,为什么中国最有想象力的一部小说是《西游记》。为什么只有在向往西方的时候,我们的想象力才会如此丰富,如此心潮澎湃。"东临碣石有遗篇",按说面对大海,面对浩瀚的太平洋,我们的思维可以更活跃,更肆无忌惮,然而广阔的东方究竟给我们提供一些什么样的思路,除了蓬莱仙阁外,除了海市蜃楼外,我们的想象能力突然变得如此贫瘠,以至于仿造品《东游记》差不多成了一部不忍卒读的作品。

与西方交流始终是中国文化面临的大问题。即使一个不熟悉中国历史的人,也会很轻易明白,我们生活中的一切,都与西方分不开。我们烧香拜佛,我们吃西红柿、吃西瓜、吃西洋参,我们听胡琴、听琵琶、听羌笛，我们看电影、看电视，习惯了，也就顺理成章地变为自然。好多年前，我第一次读到奈保尔的《米格尔大街》，当时并没有想到这个人会得诺贝尔奖，我甚至都没有过分在意作者的国籍。对于我来说，奈保尔就是一个外国小说家，不是英国，也不是西方，而是来自一个叫特立尼达和多巴哥的地方，我的地理知识甚至弄不清楚它究竟在哪个位置。这不由得让我想起童年时对外国文学的态度，只要明白它不是中国就行了，它是一个和我们完全不一样的"外国"。

读者对外国小说有一种自然而然的宽容，我们可以用一种与己无关的心情把玩。事不关己，高高挂起，《米格尔大街》并没有给我带来什么意想不到的惊喜，也许是有足够的阅读经验，我首先感到的并不是它的独创，恰恰相反，我感到的是它的熟悉，虽然是本新书，感觉却好像是旧的。文学艺术不只是喜欢新鲜的陌生，有时候也愿意遇到一些熟悉亲切的老面孔。换句话说，让我感到最满意的是它是一本很不错的外国小说。对一个读者来说，外国小说有好有坏，《米格尔大街》恰好属于好的那一类。

《米格尔大街》很容易让我想起一连串的美国小说，譬如安德森的《俄亥俄·保士温》，很抱歉不知道流行译本怎么翻译，因为我手头只有这本由吴岩翻译、晨光出版公司一九四九年出版的老书，已经被老鼠咬得伤痕累累。我还想起了海明威的《在我们的时代里》，同样是晨光出版公司的书，它的译者是马彦祥。当然不会漏掉吕叔湘先生翻译的《我叫阿拉木》，作者是美国的亚美尼亚移民,最初的译名是索洛延,后来变成了流行的萨洛扬。比较完全的一个译本是湖南人民出版社的《人间喜剧》。我并不想考证它们之间的关系,很可能一点关系都没有,我只想强调它们给我带来的相似联想。

　　《米格尔大街》与上述小说近似点在于,都是用差不多的角度来观察自己熟悉的生活场景。这就好比用差不多外形的玻璃瓶装酒,用不同的建筑材料盖风格相似的房子,在具体的操作上,有着明显雷同。这么说并不是恶作剧地揭秘,而是随手翻开作者的底牌。简单的事实只是,世界上很多优秀作家都是这么做的,好作家坏作家的区别,有时候仅仅在于做得好不好。鲁迅谈到外国小说的影响,曾说过他每篇小说差不多都有母本。这种惊人的坦白,说明了第三世界小说家的真相,在如何观察和表现熟悉的生活场景方面,我们都有意无意地借助了已成功的外国小说经验。不是我们不想独创,实在是太阳底下已没什么新玩意。以西方的文学观点看待文学,这话听上去怪怪的,而且有丧自尊,其实当代小说就是这么回事。我们的小说概念,差不多都是西方给的,连鲁迅他老人家也虚心地承认了,我们当小辈的就没必要再盲目托大。很显然,现代中国小说离开了外国小说,根本没办法深谈,这就仿佛在佛教影响下,我们一本正经谈禅,谈出世,因为习惯,自以为就是纯粹的东方情调,是纯粹的本土文化,其实说穿了,都是西化的结果,只不过这次来自西方的影响更早一些而已。

　　从《米格尔大街》到《毕斯沃斯先生的房子》,我感到最大的惊奇,不是奈保尔已获得诺贝尔文学奖,而是他的国籍,已悄悄地从特立尼达和多巴哥,改成了大英帝国。无论是翻译者,还是出版社,在写作者的身份认定上,遭遇到前所未有的尴尬。这个尴尬同样也非常客观地放在全世界的读者面前,奈保尔究竟应该算作是印度人,还是特立尼达和多巴哥人,或者说是英国人。既都是,又都不是,我们中国人可以说这根本不重要,反正他是一个洋人,用一个含混不清的"外国",就可以轻易地将奈保尔打发了。对于我们来说,这或许只是一个困扰外国人的问题,中国人何苦再去操心。

　　毫无疑问,奈保尔已经成了英语文学传统的一部分。与艾略特加入英国国籍一样,奈保尔成为英国公民,这是一种文化上的归宗。在展开"归宗"这两个字之前,我想先谈谈奈保尔说话的态度。不同的态度将会产生不同的语调,在《米格尔大街》中,奈保尔显然找到了一种属于他的叙述语调。用一个不恰当的比喻就是,童年的声音加上了中年人的目光,或者说童年的视角糅合着中年的观点。虽然奈保尔写《米格尔大街》的时候,刚刚二十二岁,但是因为有良好的文学熏陶,他的语调中已洋溢着一种饱受教育的超然。这是一个有文化的人在诉说着没文化的事情,目光冷静、清醒、无奈,因为有洞察力而一针见血,作者投身于小说之中,又忘形于小说之外。平心而论,这种写作语调本来就是天下作家的公器,只不过奈保尔利用得更好。奈保尔正是借助这部作品,找到了通往艺术迷宫的钥匙。

　　《米格尔大街》注定应该引人注目,不过他更重要的作品,显然是《毕斯沃斯先生的房子》。这无疑才是奈保尔最重要的作品，说它重要，当然不仅是因为它曾选入二十世纪一百部最佳英文小说。《毕斯沃斯先生的房子》在西方更容易成为话题，对于一部重要的作品来说，话题是不可或缺的。和很多虚构作品喜欢打自传招牌一样，媒体对《毕斯沃斯先生的房子》的评价，西方或是中国大陆，都着眼于它的纪实。我们被告知，这本书是以作者父亲为模特，反映了作者熟悉的殖民地生活。我不太清楚奈保尔本人如何表态，书一旦出版，他的解释就不重要。媒体需要话题，媒体不在乎作者怎么想。作为小说家同行，我更在乎奈保尔的叙述方式，更在乎他的态度和语调。对于我来说，小说就是小说，说到底还是一个怎么写的问题。曹雪芹是不是贾宝玉改变不了《红楼梦》。毕斯沃斯是不是奈保尔父亲根本不重要，重要的也许只是在"毕斯沃斯"这四个字后面加上了先生，我特地查阅原书名，发现"先生"两个字原来就有。读者在阅读时可能会忽视这两个字的存在，更多的是把这看成英语文学中的一个传统习惯，譬如菲尔丁《大伟人江奈生·魏尔德传》书名的原文中就有"先生"，只不过萧乾先生在翻译时省略了。

"先生"两个字可以产生距离，不同的"先生"将产生不同的间离效果，现代小说中，距离产生的审美效果非同寻常。我想强调一点，在毕斯沃斯后面加上"先生"绝不是可有可无，它的意义是找到了一个合适的叙述角度，这仿佛莫言小说《红高粱》中"我爷爷我奶奶"，是为一种叙述语气定调。有了基本语调，宏大的叙事才可能产生，才可能滔滔不绝。从《大伟人江奈生·魏尔德传》到《毕斯沃斯先生的房子》,作为"先生"的这种称呼已有了一种质变的飞跃。通过这种飞跃,可以清晰地看到古典和现代之间的差异,看到小说发展的一种轨迹。虽然从外貌上看,有惊人的近似之处,可是奈保尔与菲尔丁显然是运用了不同的语调,出发点不一样,到达的目的地也不同。大伟人江奈生·魏尔德先生更像鲁迅小说中的阿Q,或许问题不在以什么人为模特儿,在于如何处理作者与这些模特之间的关系。是谁并不重要,重要的只是我们采取什么样的态度。鲁迅与我们的态度是不一样的,在传统的小说中,我们看到的是"哀其不幸,怒其不争",我们关怀的是别人,这是传统小说中的精华,是古典的人文精神,但是在现代小说中,"不幸"和"不争"已经由别人变成了我们自己。我们不再是高高在上,我们已没有任何做人的优势可言。现代写作情不自禁地把放大镜对准了自己,对准了自己亲爱的父亲,但是,正如所有的小说都可能是作者自传一样,所有的自传也免不了作伪。奈保尔的小说魅力恰恰在于有效地利用了这种距离,远了不行,太近也不行,如果毕斯沃斯不是奈保尔的父亲,不仅失去了话题,失去了看点,更糟糕的是还会失去亲和力。无论对于作者还是读者,离开了这种亲和力,都会导致小说失败。从这个意义上来说,古典小说都是客观的,现代小说都是主观的。

小说中的真伪是个无须讨论的话题,要讨论的是作者如何驾驭真和伪。文学艺术总是力图把真实的那一面展现在世界面前,假作真时真亦假,小说中的假往往是体现艺术之真的最有效手段。即使毕斯沃斯先生百分之百是奈保尔的父亲,因为在后面加了先生两个字,主观和客观的比例,已完全发生了变化。对于一个儿子来说,直呼父亲的名字,和父名后面加上先生,有着明显差别,如果不能仔细体会这种差别,就很难把握作者的苦心孤诣。因此,"先生"两个字绝不是什么可有可无的后缀,更不是随随便便的神来之笔。在父亲的名字后面加上"先生",事实上就是给父子之间的亲和力加上一层隔膜,这层隔膜起的作用,从某种意义上来说,正如作者描写米格尔大街上的芸芸众生一样,总是隔着一定距离去写。不识庐山真面目,只缘身在此山中,奈保尔并不一定知道中国这句著名的古诗,然而他在写小说的时候,显然明白诗中的哲理。

奈保尔的叙述方式既古典又现代,既符合世界文学的优良传统,又因为自身的努力探索,发展和丰富了世界文学。他的尝试,实际上是所有第三世界作家应该做的事情。当然不是指文化上的简单归宗,而是如何准确和有效地展现我们自己世界的精神面貌。文学说穿就是一种态度,一种准确和有效的表达方式。奈保尔以西方人的眼光来看待自己的生活,换句话说,用西方人的观点说殖民地故事。有意无意之间,他的作品不可避免地反映了落后的一面,暴露了愚昧,暴露了黑暗,揭示了缺少现代教育的真相。奈保尔的艺术实践带来了一个直接后果,这就是西方人看到了奇风异俗,第三世界看到了西方人的歧视目光。奈保尔通过自己的文学作品,让发达国家和不发达国家通过这种特殊的方式,不同寻常地进行了文化上的交流。

站在金字塔尖上的人物

尽管奈保尔接受了典型的英国教育,继承的是狄更斯以来的英国文学传统,作品本身已成为英语优秀文体的一部分,曾多次获得包括毛姆奖、布克奖在内的多种文学奖项,并被英国女王授予"骑士",但是所有这些,仍然改变不了他的殖民地身份。他的小说与纯粹大英帝国出身的毛姆,与吉卜林,与福斯特,与波兰裔的康拉德,有着明显的渊源和发展,但是他永远也成不了真正意义的西方人。就像我们看奈保尔是外国人一样,纯粹的西方人观点与我们也一样。奈保尔无论在文化上如何归宗,在今天或未来的文学史中如何有地位,他仍然是一个西方人眼里的外国人。

对奈保尔的接纳或许只是一种权宜之计。权宜之计也可以看作是发达国家的无奈,毕竟世界文学不等同于发达国家的文学。在世界文学的大格局中,西方发达国家的文学水准虽然始终占据着霸主地位,但是文化的称雄,毕竟和经济、军事不一样,世界文学永远愿意接纳有创造性的新玩意,没有新玩意的世界文学就没有活路。风水轮流传,奈保尔的幸运,在于符合世界文学的需要,迎合了潮流,并且顺利地融入主流中间。然而幸运也极可能成为不幸,奈保尔的不幸,是他很可能会受到第三世界的反对,他越成功,反对的声音可能会越大,抗议的浪潮会越高。作为一个印度人后裔,我非常吃惊他竟然敢说这样的话:

> 我不为印度人写作,他们根本不读书。我的作品只能产生在一个文明自由的西方国家,不可能出自尚未开化的社会。

除了佩服奈保尔的坦率,我更佩服他的勇气。对于一个作家来说,坦率和勇气是不可或缺的,我宁愿相信,这更多的还是一种赌气,因为事实上,尽管奈保尔不想为印度人写作,不愿意关注那些尚未开化的社会,不屑为被压迫者说话,结果也仍然是一样。态度有时候可以说明一切,有时候却什么也说明不了。写作永远是只对读书的人才有意义,文化只有在交流时才能产生火花,身为印度人的后裔,奈保尔并没有拉着自己的头发跳到地球外面去的魔法。仁者见仁,智者见智,读者从作品中读到自己想见或不想见的东西,这些并不是作家的过错。阅读是一种探险,是心灵的旅游观光,是发现,从奈保尔的小说中看到第三世界的奇风异俗,看到西方人的歧视目光,只能说明奈保尔小说的丰富内涵。

奇风异俗和歧视目光都不是作者的本意,更不是写作的目的,即使没有奈保尔的小说,它们仍然也会存在。小说揭示的是我们容易忽视的那些东西,因为忽视,所以自欺欺人以为它们不存在。对奈保尔小说中作者态度的玩味,有助于我们思考创作时可能会遇到的一些问题。横看成岭侧成峰,远近高低各不同,要想认识庐山真面目,最好的办法就是像李白那样,早服一粒还丹仙丸,琴心三叠道初成,然后高高地飞起来,从远处往下张望。居高临下,翠影红霞,鸟飞不到,看一座山是这样,看奈保尔的小说是这样,看一个世界也是这样。

外国文学这个月亮

作为一个中国作家,琢磨缘由,我能有今天,毫无疑问是外国文学催化的结果。可惜只能看翻译作品,这始终是心里不大不小的一个疙瘩,因为无法享受阅读原文,感受不了原汁原味,想到了就沮丧,就垂头丧气。有人说起我的作品,认为中国文学的传统马马虎虎还说得过去,不知道连这点可怜的传统,其实也是从翻译的外国文学那里获得。看来,我注定只能是个把玩二手货的家伙。王小波曾对王道乾的译本表示了极大敬意,我心目中也有一批这样的优秀译者,譬如说,在下学习写作的最好语言读本,一度就是傅雷先生翻译的巴尔扎克。

很多年前,《译林》杂志搞庆典,要求谈谈与它有关的话题,我胡乱地说了几句,标题就是《外国文学这个月亮》。限于字数,很多话没有说清楚,因此今天不妨再多说几句。喜欢阅读外国文学的朋友,都会有这样的感叹,且不说人家的好东西,不说那些高雅的精英文化,不说那些阳春和白雪,就算是畅销作品流行小说,就算是那些通俗的下里巴人大众文化,也比我们自己的国产货强得多。外国的月亮圆通常是一句骂人话,有洋奴之嫌,有不爱国之疑,可是,我是说可是,外国文学这个月亮,它确实要比中国的圆。

长期以来,一直是《译林》的读者,我喜欢翻阅这本刊物,朋友们在一起聊天,谈到一个奇怪现象,这就是同样属于通俗文学作品,外国的和中国的也有着截然不同的品格。中国的通俗文学常常恶俗不堪,外国的通俗文学却时时可以带来阅读的惊喜。崇洋媚外是一种要不得的情绪,不过,是人就难免喜欢好东西,所谓见贤思齐,这又是一件没办法的事情。很显然,外国的通俗文学和大众文化中,也存在大量垃圾。不由得想到曾经的中国足球教练米卢"态度就是一切"的名言,这或许是最直截了当的解释。我想大家见到的外国流行文学,许多都是已经过滤和筛选的文字,既然不能品尝原汁原味,我们只能被动地坐在餐桌前,只能无奈地把选择权交出去。应该好好地感谢那些从事文学翻译的译者,感谢那些专门发表外国文学作品的刊物,是他们或它们帮读者节省了时间,提高了效率。还是回到"态度就是一切"那句话,通俗文学和畅销小说并不意味着格调低下,关键是以什么样的态度去对待。在阅读过程中,我们看到了许多精彩的小说,这种精彩是因为别人付出了巨大的劳动。换句话说,有一批很认真的外国文学工作者,兢兢业业披沙拣金,并不是说外国的通俗文学就一定好,外国的月亮就一定圆,我们之所以会产生错觉,仅仅是因为译者和编者的眼光独特。

我们恰恰是因为别人的态度端正而坐享其成,研究外国文学的学者专家告诫我们,好的优秀作品总是占少数,或者说是极少数。在过去的这些年,我偶尔也会非常认真地关注一些国外的流行小说,譬如《廊桥遗梦》,譬如《挪威的森林》,譬如《朗读者》。流行不一定是坏事,有阅读经验的人都明白,有发行量的未必是好书,真正的好书最终还是会有发行量。任何一本世界名著都一定是流行读物,只不过在时间上可能有些错位。没有流行的支撑,所谓名著都不会靠谱,我们说到某某世界著名作家,说到诺贝尔文学奖,说到龚古尔奖,说到布克奖,其实已经在向流行举手致敬。我们说到卡夫卡,说到乔伊斯,说到胡安·鲁尔福,说到雷蒙德·卡佛,说到他们写作经历中的种种不幸和寂寞,不过是在赞赏另外一种晚点到达的辉煌,因为这些不幸遭遇,只是一种流行迟到的铺垫,只是文学后生们的励志话题。

关于外国文学,我已经写过很多文字,在当代的中国小说家中,恐怕已是这方面文章写得最多的人之一。我实在太老实了,唠唠叨叨地说了许多,把自己向洋人学习的经历老老实实地都交代出来。古老一点的作家,像莎士比亚、塞万提斯、歌德,稍稍晚一点的巴尔扎克、雨果、陀思妥耶夫斯基、托尔斯泰、高尔基,再近一些的美国作家和欧洲作家,都写过篇幅不短的文字,因此想在这些话题之外再说出些什么新鲜玩意,真不容易。可以轻而易举地开出一大串名单来,一说到外国作家,我就有些卖弄。有一年在贵州的一家宾馆,和作家韩少功、何立伟、方方一起聊天,大家说起看过的外国小说,都感到很吃惊。仿佛革命党人回忆地下工作往事,我们发现在过去的岁月,自己在这方面的阅读量真是惊人，原来我们都是喝外国文学的奶长大的。

记得刚上大学的时候，老师给我们这些新生开过一张中文系学生必读书单，上面罗列的文学作品，中国古典作品有许多还没读过，要求阅读的外国文学部分，差不多全知道，我读过的起码要比这份书单多上十倍。很显然，以后的中国作家，恐怕再也不会有我们这代人的奇特经历，在你的青少年时期，你不用面临高考，根本就不需要文凭，你有着大把大把的空闲时间，没有电脑，没有手机，也没有电视，阅读小说就像偷偷地与情人相会一样快乐。同样的话我已经说过无数次，在今天，阅读文学作品常被当作补充营养，是对中文系学生的基本要求，是文化人装点门面的普遍素质，你做好了准备要当作家，要混文凭写论文，而在过去的年代，我们疯狂阅读，仅仅是因为无聊，因为没事可做。无聊才读书，我读外国小说最多的年头，不是上大学读本科、读研究生，不是开始写小说准备当作家，而是在上大学前，说起来荒唐，还真得感谢"文革"十年，都说这十年是文化的沙漠，是最黑暗的年月，我却有幸而且很从容地在很多时间里，躲进外国文学这个绿洲。

德国人顾彬说起中国当代作家，口气十分不屑，他说他们不懂外语。言下之意是中国作家就算是看过几本外国小说，也都是靠别人的翻译，二手货作不了数，不可能领略到欧洲文学的精华。这番话一针见血，戳到了中国作家的痛处和软肋。根据这个标准，中国现代文学作家中的大师，譬如鲁迅，譬如巴金，譬如茅盾，他们创造的成绩文学后生必然是不可能逾越的，因为我们不能像他们一样阅读外国小说的原文。顾彬的观点在中国很有市场,虽然理直气壮,可惜似通非通,隔膜得厉害,难免有蒙人之嫌。首先,我们的文学前辈外语水平本身就十分可疑,能翻译、可以阅读,距离精通之间,还有着相当遥远的路程。其次,对外国文学的了解程度,与是不是一个好作家,根本没有必然的联系。如果仅仅是说了解,说句不太客气的话,我肯定比几位大师了解得多。

德国的歌德和美国的庞德都号称中国通,都喜欢卖弄他们的中国文学知识,事实却是,他们的了解几乎为零,所谓东方神秘元素完全莫名其妙。从世界文学的大格局看,作为发展中国家的中国作家,对外国文学的了解,远比他们的国外同行知道得多。在中外文学交流上,始终存在不对等,一个外国作家对中国文学毫无了解理所当然,一个中国作家,他要是说自己不看外国小说,没有受到过外国文学的影响,那一定是在骗人。我们都生活在外国文学的阴影下,外国文学这个月亮不一定真的是大,可是它始终挂在中国作家的心中,始终在中国文学的天空上闪烁。

德国的哥廷根大学十分有名,诗人海涅、童话作家格林兄弟、一九〇七年的诺贝尔文学奖得主鲁道尔夫·欧肯,就是这个学校的学生。据说君特·格拉斯与哥廷根大学也有相当深的关系,有材料说他出自这所大学,有的介绍又说不是,结论到底如何,至今弄不明白,然而在哥廷根街头,确实耸立着他的雕塑。我有幸在这座美丽的大学城待过一个月,和那里的大学老师以及当地作家们多次聊天,出乎他们意料,一个来自中国的作家,完全可以与他们侃侃而谈欧洲文学。他们吃惊我居然还知道一位叫茨威格的德国作家,因为这个人很多德国民众都已经不知道了。

我说起了茨威格小说中的一个场景,有一段文字非常精彩,作者通过赌场上一系列手的动作描写,便男主角跃然纸上。我父亲和祖父都曾对我说起过这个细节,它确实很出彩,有着很高超的技术含量,对学习写作者非常有帮助。德国的同行们惊呆了,他们想不明白,为什么茨威格这样一个在他们看来并不太重要的犹太作家,会在遥远的中国有那么大影响。我告诉德国同行,在作为中国人的我看来,茨威格的影响还不只是因为他的小说,小说之外的东西有时候会更重要。事实上,我更在乎他对死亡的选择,这是一个非常值得思考的问题:为什么一个已经从纳粹魔爪下逃脱的犹太作家,最后要选择以自杀的方式告别人世呢?

在中国作家眼里,名著都有一种神圣的意味。很少会有一位中国作家像托尔斯泰那样猛烈地抨击莎士比亚,在世界名著面前,中国作家不仅保持了足够的虚心,而且显得非常世故。名著就是名著,尤其是外国文学名著,不能顶礼膜拜,就得敬而远之。我告诉德国同行,歌德小说在中国的影响远比所能想象的还要大,告诉他们曾经有过多少种译本,有过多么大的发行量,这些都是我在出国前做过的功课。歌德作品译本之多和发行量之巨大,曾经让我目瞪口呆,现在,把这些数字说给德国人听的时候,他们也只能和我一样地惊呆了。仅仅在二十世纪八十年

站在金字塔尖上的人物

代,《少年维特之烦恼》就在中国印了一百多万册,前后译本却不下二十种。

外国文学始终是中国作家心目中的高山,前辈作家就是这么教育我们,我们也忍不住用同样语调告诉后来的作家。世界文学是所有学习写作者的共同财富,有着取之不尽的营养,俗话说取法乎上,优秀的外国文学就是最好的榜样。具体地说起哪些外国文学对我有影响,不外乎名著和禁书。当然,这里说的名著和禁书并不对立,它们很可能就是同一种东西,只是在不同历史时段,有着不同的名称。在"文化大革命"中,几乎所有的名著都是毒草,因此它们差不多也都是禁书。不过这些毒草很快就悄悄地开禁了,人类社会经常会是这样,官方有一种标准,民间另外又会有一种标准。"文化大革命"从来就不是铁板一块,除了那些最激烈的年头,也就是"文革"刚开始那几年,外国的古典文学名著一直处于一种可以阅读的状态,市场上买不到,公共图书馆也不复存在,可是你只要一旦真正有机会获得,能够静下心来阅读,通常都会被认为是一种有上进心的表现。那年头,虽然大家都知道读书无用,爱好文学仍然不失为一种优雅,仍然会被大家在心目中暗暗推崇。有人说"文化大革命"中,人们都是不读书的,我一直以为这个观点不准确。大家只是获得世界文学名著的机会没有今天这么多,这么容易,如果真要讲起阅读热情,讲起阅读的专注度,绝对会超过今天。那年头可供分心的娱乐活动实在太少了,譬如在"文革"后期,我正在读高中,大仲马的《基督山恩仇记》因为江青推崇,很多人都以能读到这本书为荣,因为看不到,我不得不一次次地为读过这本书的堂哥买香烟,以此作为交换条件,让他给我复述那些惊心动魄的故事。

在我的青少年时代,卖弄自己阅读的世界文学名著,是摆脱自卑的一剂良药。我自小性格内向,不善言辞,常常被别人欺负,世界文学名著对我来说,既是一种情感上的寄托,同时也是可供吹嘘的资本。有人曾经问过我,今天的文学环境和"文化大革命"后期相比,哪一个更好一些。答案当然应该是改革开放以后的岁月更占上风,不过也可能还会有些意外。想当年,男生女生介绍自己,常以热爱文学为时髦,就算是一个没看过几本书的人,也喜欢用文学的羽毛来装饰自己。在那个思想贫瘠的年代,文学能够打动姑娘的芳心,然而在各种文化活跃的今天,文学的神圣光环早已不复存在。文学已不能够再用来炫耀,而且很显然,在以后相当长的时期内大家还将不得不继续面对。

自"五四"以后,"崇洋媚外"一词从来就没有真正地伤及外国文学,不同时期,大家在读不一样的外国文学作品。大多数情况下,都是在读那些已经有了定评的世界文学名著,这是最保险的一种投资,不管怎么说,阅读名著总归不会有太大的错误。名著自有成为名著的道理,名著构成了文学史,形成了传统,统治了我们的阅读经验。主动也好,被动也好,外国文学名著就像大家呼吸的空气一样,事实上我们已经不可能再离开它。因此非常值得一提的倒是不同时期的流行文化,它们是我们阅读活动中很重要的一个部分。毫无疑问,流行文化的影响、畅销书的魅力,一点也不比那些早已经成为传统的外国文学名著差。

站在金字塔尖上的人物

说一句最坦率的话,无论文学时髦还是不时髦,大家都会忍不住操一份谁才是当今世界上最火作家的闲心。我们喜欢海明威,喜欢雷马克,喜欢马尔克斯,都是因为他们是当时最火爆的流行作家。印象中,对诺贝尔文学奖获得者的追捧是二十世纪八十年代以后开始的,在此之前,中国作家并不是太把这个文学最高奖项当回事。回顾历史,年轻人的阅读或多或少地要受前辈人影响,我们注意到,现代文学的经典作家对诺贝尔文学奖的关注度,远不及东欧弱小民族。也许是这个文学奖有过多的欧洲元素,在一开始,它只关心欧洲的主流文学,带一点皇家威严,还有点资本主义色彩,反正不太适合中国的国情。中国文学似乎注定离开不了思想,注定要被不同的政治左右,我们向西方学习,更多的是为了盗得火种,"窃火"这个词一度非常流行。所谓文学,无论写实还是浪漫,不过是为了实用,为了人生,为了反封建,为了劳苦大众,为了反对包办婚姻,为了治病救人改变国民性。

真相常常会让人感到尴尬,中国文学界的流行,很长时间里都是跟着日本人走的。道理很简单,在学习先进的西方方面,日本总是先我们一步。留日学生的趣味不断地改变中国文学爱好者的口味,因为鲁迅,因为郭沫若、郁达夫等人的创造社,以及后来的夏衍和周扬,中国的主流文学出现了一个又一个的重要时期,出现了"五四"文学,出现了革命文学,出现了二十世纪三十年代左翼文学,他们的主将都是留日学生。这种显而易见的文学影响直到抗战结束后才宣告结束,一九四六年,德国作家雷马克的作品走红世界文坛,他的《凯旋门》德文原著发行前,英译本先行在美国出版。据说当时的销量就达到两百多万,而它的中文本几乎也是同时推出,遥远的美国报纸还在那连载,朱雯先生的译文已出现在连载专栏上。这个文学上的同步非常耐人寻味,事实上,很少有人注意到这个现象,这就是随着现代文学作家的逐渐成熟,文学越来越精英,也变得越来越小众,流行很快就会变成小圈子里的事。

我记得在这本书的翻译后记中,朱雯先生曾提到了三件事。一是告诉大家,此书目前在西方影响巨大,很火,它的水准上乘,在行家的眼里评价极高。二是在中国的反响很平常,连载了两个月便腰斩。三是在翻译过程中,曾得到巴金和钱锺书先生的帮助。在二十世纪八十年代,我一直想不明白这件事,为什么那么多外国文学名著可以重复出版,而自己一度非常喜欢的《凯旋门》却还没有获得再版机会。后来终于有了再版本,已经是九十年代,"文革"后的文学热已经降温,朱先生对这本书进行了重新修订,在再版后记上,没有提到当年的腰斩,也没有提及钱锺书。

这是为什么呢？很多作家其实也受过雷马克的影响,譬如北岛,然而这种影响显然形成不了什么气候。时至今日,重新回忆这种影响仍然十分有必要,因为它代表着一种逝去的文学记忆,展现了中国现代文学的一种发展轨迹。自"五四"以来,中国文学一直在追随外国文学的步伐,亦步亦趋苦苦追赶,终于在抗战胜利后,有了一点点与世界文学同步的迹象。这时候,文学

站在金字塔尖上的人物

开始变得多元化，变得小众，变得更文学，再热闹的流行也是转瞬即逝，这一点倒是和当下很相似。文学的时髦仅仅只是时髦，它已经没有什么太大的社会作用，或者换句话说，文学只是当时文学爱好者的事，只是在小圈子里自娱自乐地被大家欣赏，而不是拿来实用，读者已不再过多考虑它有什么社会意义。

回忆阅读历史，回想那些看过的外国小说，不同的文学时代，注定会有不同的文学阅读，而不同的文学阅读，又注定会造成不同的文学时代。一九四九年以后的外国文学有一种巨大扭曲，一方面，它继承了前辈对诺贝尔文学奖的一贯轻视，继承了重视弱小民族、发展中国家文学的传统；另一方面，又把苏联文学演绎成为一种新的时髦，造就了一段不可理喻的新神话。譬如朱雯先生就翻译了阿·托尔斯泰的《苦难的历程》，同一个译者，同样是英文转译，仅仅从版本上就可以看出雷马克和阿·托尔斯泰的不同待遇，《凯旋门》厚厚的像块砖头，装帧简陋，而《苦难的历程》则是极度漂亮和考究的精装本。比较朱雯先生二十世纪四十年代和五十年代不同时期的译本，不仅有助于我们了解文学的不同时代，也可以看到外国文学这个月亮不一样的光谱。

外国文学这个月亮确实很大很圆很亮，它高高挂在文学的天空上，仔细回想我受到的影响，除了名著经典外，最直接的恐怕还应该是来自外国文学中的那些禁书。一九四九年以后，苏联文学统治文坛，成了真正的老大哥，整个五十年代都是这样。这种特殊的不正常文学现象，形成了一种逆反心理，结果我那位喜欢藏书的父亲就一直在悄悄地收集非主流文学。当时有一种内部发行的图书，后面印有"供批判"字样，俗称黄皮书，装帧简单到只剩下书名和黄色的封面，譬如爱伦堡的《解冻》和《人·岁月·生活》，譬如萨特的《厌恶及其他》，譬如加缪的《局外人》，还有《麦田守望者》《愤怒的回顾》《带星星的火车票》等。越是不让看就越想看，我是违禁之物的直接受益者，它们在我身上的影响，丝毫也不亚于那些早已成为古代经典的外国文学名著。这些书籍曾是我最好的精神食粮，当然，必须要强调一下，影响最大的一套书是《人·岁月·生活》，厚厚六大本，它们断断续续地提到一大堆当代作家，对我来说都是活生生可以效仿的对象。

　　说白了，雷马克的《凯旋门》也好，后来供批判用的内部读物黄皮书也好，在我身上能够产生不小影响，都和它们的小众阅读有关。有时候，你会自投罗网，心甘情愿身受其害。这是另外一种赶时髦，基于希望与大众阅读不太一样的心态，人永远都是矛盾的，对于外国文学这个月亮，你总是若即若离，想着要走近一些，看清楚一些，结果便可能一不小心就走远了。因此对于浩瀚的外国文学，我们应该饮水思源，始终保持一份感激之心。转益多师无别语，既要坚定不移地向外国古典文学名著致敬，同时也不能忘记活着的当代，要随时留心当下世界文学的最新成果。当然，要关心最流行最畅销的，也要照顾到被冷落被忽视的，换句话说，我们始终要有一种开放的心胸。

枕边的书

《卡拉马佐夫兄弟》

我最早见到的《卡拉马佐夫兄弟》,是那种装在硬匣子里的小本子,厚厚的四本,比通常的小三十二开还要小一号,这是过去年代里的精装书,其形式有些像线装书的装帧,译者仍然是耿济之。耿先生是老资格的"文学研究会"的主要成员,应该属于我祖父那一代的人物。放在我床头的是人民文学出版社一九八一年新版的《卡拉马佐夫兄弟》,睡觉前,觉得没什么书好看,忍不住会把这书抓起来翻上几页。在外国小说中,这应该是很重要的一本书,只要用心看,每次多少都会有些体会。我一向反对教科书和必读书,不过,只要有可能,最好能读一读。

陀思妥耶夫斯基对现代小说家的忠告,是用不着玩什么雕虫小技。技巧这个词在《卡拉马佐夫兄弟》面前,显得十分小家子气。小家子气差不多是当代小说家的通病,有的作家喜欢说非常"大气"的豪言，可是自己干的活，仍然非常小家子气。最让人咽不下这口气的，是那些动辄呼呼"大气"的某些评论家，他们其实比小说家更糟糕，对小说压根就没感觉。把"大作家"挂在嘴上，本身也成了一种雕虫小技，根本戳穿不得。

陀思妥耶夫斯基对世界文学的影响巨大。有一点让我始终想不明白，时间上，《卡拉马佐夫兄弟》的英译本，比中译本早不了许多，影响力度却不可同日而语。二十世纪作为文学上的一座高峰，西方作家真正模仿陀思妥耶夫斯基的人并不多。二十世纪文学的主旋律是疯狂创新，有作为的西方作家在保持对陀思妥耶夫斯基的一份敬重之外，于求新上不遗余力，各种流派粉墨登场，然而万变不离其宗，总能在精神上找到与陀思妥耶夫斯基的神似。中国的情况并不是这样，我们的小说中，很少能见到陀思妥耶夫斯基式的悲天悯人，和大多数西方对东方的影响大同小异，除了形似，很少见到神似的东西。我们总是一茬又一茬地学习模仿最新最时髦的玩意，世界文学流行什么，就学什么。人家是创新，我们是仿新。过去的年头里，我们学批判现实主义，学两结合的创作方法，学现代派，学意识流、黑色幽默、存在主义，学海明威，学博尔赫斯，学昆德拉，总是虚心地在学，然后很狂妄地觉得自己很新潮很牛。

《卡拉马佐夫兄弟》是那种读了让人哑口无言的作品。读了这本书，说什么也多余。

站在金字塔尖上的人物

《驳圣伯夫》

喜欢这本书是缘于偷懒,我不得不承认,普鲁斯特的《追忆逝水年华》是一本很难读完的大书,实在是太长,长得让你不知不觉便中断了阅读。好书并不意味着必须从头至尾老老实实一字不漏地读完,对于我来说,阅读《驳圣伯夫》,乐趣并不亚于阅读《追忆逝水年华》。

不妨把《驳圣伯夫》当作《追忆逝水年华》的简写本来读,这是一位优秀作家两本并列的书,存在着互文的关系。我喜欢《驳圣伯夫》,理由在于它既不是地道的小说,也不是纯粹的理论著作,它介于两者之间,既是又不是。这是一部小说家展示理论才华的书籍,把它放在写作的同行面前,《驳圣伯夫》难免炫技,到处闪烁着思想的光芒,正是这些发光点使得普鲁斯特有别于其他的小说家。普鲁斯特漫不经心地举起了长矛,向当时法国最著名的理论权威圣伯夫进行挑战,我不能说普鲁斯特在战斗中大获全胜,但是就仿佛观赏精彩的足球赛一样,我无疑已经成为普鲁斯特最忠实的啦啦队成员。

出远门之际,我常常把《驳圣伯夫》放在身边。有了这本书,旅途的寂寞和会议的无聊,都会变得可以忍受。如果有一天被囚禁,我一定会提醒自己的家人,探监的时候,无论如何别忘了在包裹里塞进一本《驳圣伯夫》。真金不怕火炼,好书不怕反复读。《追忆逝水年华》显然是二十世纪最出色的书之一,而

《驳圣伯夫》的意义在于，它证明普鲁斯特不仅是优秀的小说家，同时还是卓越的理论家。并不是所有的小说家都具有理论素养，但是普鲁斯特用他的这本小书，无可争议地说明了一个事实，第一流的小说家，他是而且必须是第一流的理论家。

换个角度想一想，说《追忆逝水年华》是一部理论著作，丝毫不过分。对于后来的作家，这部巨著的指导意义，不在于说了什么样的一个故事，在于怎么样说故事。普鲁斯特只不过是用小说的方式，表现对小说理论的看法，正如一些优秀的理论家，以理论的方式来描绘小说。小说创作和小说理论之间，从来就不存在着鸿沟，创作和理论都是为了更接近真理。《驳圣伯夫》虽然说的是理论问题，同样可以当作一本小说来读，阅读本身就是一门艺术，没有阅读的革命，也就没有小说自身的革命。

《纪德文集》

纪德是记忆中谜一般的人物。他的书总是读着读着就放下了，我想读不下去的原因，或许是自己不是法国人的缘故。从译文中，我体会不到评论者所说的那种典雅。一位搞法国文学的朋友安慰我，说这种感觉很对，有些优秀的文字没办法翻译，譬如《红楼梦》，翻译成别国的语言，味道已全改变了。

大约只是个借口，我想自己面对纪德感到困惑，更重要的原因，是不能真正地走近他。早在我还是一个初中生的时候，就知道纪德了，那是在"文化大革命"中，这样的文化背景下，一个同性恋者纪德很难成为我心目中的英雄。有趣的是,纪德在中国人的阅读中,始终扮演着一个若即若离的左派角色,早在二十世纪二十年代,他就被介绍到中国来,到抗日战争期间,更是当时不多的几个走红的新锐外国作家之一。打个并不太恰当的比喻,纪德对于我们父辈喜欢读书的人来说,颇有些像这一代人面对马尔克斯和昆德拉,即使并不真心喜欢,也不敢不读他们的东西。

很难想象普鲁斯特竟然要比纪德小三岁。普鲁斯特是公认的现代派大师,可是在当代读者印象中早就算古典了,《追忆逝水年华》已成为文学经典的一部分,说普鲁斯特老态龙钟并不夸张。纪德的小说无愧于名著之名,可是怎么读,都摆脱不了那种年轻的感觉。也许我的印象是错误的,纪德的小说似乎专门为年轻人而准备,因为无论我怎么阅读,都摆脱不了这个最原始的印象:他小说的主题,颠来倒去就是叛逆和说教。

这就是我常常要读纪德,又常常读不下去的重要原因。年轻人迷恋这两者是最正常不过的事情,叛逆让我们勇敢无畏,说教使我们找到叛逆的理论依据。考虑到纪德的一生,发生叛逆的行为也是事出必然。纪德出生在一个很富裕的家庭,一生不用靠写作来谋生。他是一个蔑视道德的道学家,禁锢的传统教育在他身上物极必反,产生了巨大的反作用力。纪德会走上"背德者"的道路,是因为他所接受的教育中,有着太多的道德约束,不摆脱这些约束,他就不可能寻找到真正的"幸福"。这和当代的许多作家不一样,当代人的叛逆有不少都是无本之木无源之水，是为叛逆而叛逆，是利用叛逆来谋取利益。叛逆只不过是通向成功的捷径，是获得利益的有效手段，换句话说，这些人本来就是乱臣贼子，是穷山恶水中的刁民。他们的成功和利益，与纪德追求的打破枷锁镣铐有本质区别，正是因为这两者的区别，纪德才会孜孜不倦地说教。叛逆的本意并不是想把人引向歧途，而这一点，恰是纪德他老人家最担心的。

《无名的裘德》

说起英国文学的现当代作家，印象中总是从康拉德开始。康拉德是波兰人，英国人在这一点上绝对不排外，过去这样，现在也这样。相比之下，哈代无论生前还是死后，待遇明显不公。对于古典作家来说，他现代了一些，在现代派眼里，他又老了一些。

《无名的裘德》是我念念不忘的一本书。说起阅读经验，说到打动这个字眼，记忆中并不是那些刻骨铭心的爱情故事。有两个场景我永远忘不了，一是雨果《九三年》郭文最后的被处死，另一个就是《无名的裘德》中小裘德杀死弟弟、妹妹然后自杀。这个孩子临死前，给裘德留下了这样一张字条，上面只有这么几个字：

我们太多了，算了吧。

这是一个缺少爱的孩子发自心灵深处的呼声。小裘德爱父母,爱弟弟、妹妹,可是父母成天心情不好,根本就没时间爱他们。他渴望爱,偏偏又不能得到爱。他不理解父亲为什么老是出走,不理解为什么父母既然觉得小孩已是累赘,既然都不想要他们了,但还要继续添孩子。小裘德相信父亲的不幸,是因为他们这些不该来到世上的孩子造成的,他爱这个家,因而采取了一个最极端的行为,决定自己毁灭自己,于是,一个人世间最惊心动魄的惨剧就这么发生了。

《无名的裘德》在哈代的小说中,是最愤怒、最有力也是最绝望的一部作品,以上提到的只是其中一个小细节。大家可能更熟悉《苔丝》,更熟悉《还乡》,更熟悉《卡斯特桥市长》,但是就个人的阅读感受而言,我更喜欢《无名的裘德》。喜欢有时候不需要理由,记得最初读的还是曾季肃的译本,出版于一九四八年,是父亲从旧书店淘来的,在这本书的最后一页有一行字,注明最初的购买日期是一九四九年五月二十三日,地点是南京。也就是说,在解放军攻占南京的一个月后,一位文学爱好者在书店里买下了这本书,后来又由于其他的原因,这书进了旧书店,落到了父亲手里。

我想说自己喜欢裘德,当然和父亲的推荐分不开。新版《无名的裘德》出版时距我最初阅读这本书已有二十多年,与曾季肃译本相距整整五十年。哈代是以写诗歌开始,因为别人总是读不懂他的小说,愤而又回到最初的创作状态,他在晚年告别了小说,又重新成为一个诗人。对于诗歌界是好事,对于小说界,不能不说是个损失。哈代曾被誉为结构大师,今天再读他的小说，并不觉得"结构可说是精密完善几乎到了无可疵议的境界"，以一个小说同行的眼光来看，现代小说要精致得多。哈代的小说胜在有力，胜在有血有肉，他的故事实实在在，令人过目不忘。在过去的十多年中，他的作品被屡屡搬上荧幕，如果愿意去淘碟，根据《无名的裘德》改编的《绝恋》是一部很不错的电影。

《罗本舅舅》

最初读《罗本舅舅》这篇小说，还是二十多年前的中学时代，收在《雪人》里面，是那种很旧的封面，暗红色，封面的字是手写，这次搬家整理书籍，怎么也找不到，可能是先父处理掉了，因为他已经买了新版的《茅盾译文选集》，新书中既然旧的内容都有，再留着旧的也没什么意思。

重读《罗本舅舅》，全然没有当时的震动。也许我今天是以一个职业小说家的眼光重新审视，作为短篇，它显而易见地过时，篇幅太长，容量太小，而更大的问题是议论太多，喋喋不休。一百年前的人写小说，难免有怕人看不懂的毛病，于是，今天重温那个时代的小说，都有一种过于直露的感觉。

但是我没有办法否认二十多年前曾有过的激动，事实上，正是这类小说，奠定了我对短篇小说的认识。就其影响的力度来说，《罗本舅舅》和海明威、福克纳没什么区别，和博尔赫斯、鲁尔弗如出一辙。我不得不承认对这篇小说念念不忘，一个朋友谈起他对金庸小说的观感,曾说过最先看到的那一本,往往是最好的。这道理就仿佛初恋情人总是最好的道理一样,情人眼里出西施,人是感情动物,免不了感情用事。

如果让今天的写手来处理,《罗本舅舅》只需一半篇幅就足够。重读这篇小说,有两个感想可以说。首先,必须承认短篇小说的进步,并不是说今天的作者就比过去高明。事实是,读者阅读小说的能力提高了,作者是船,水涨必然船高。我们今天的短篇小说的概念,都是前人的作品熏陶出来的,今天的进步,是过去作家共同努力的结果。不能因为发现诺贝尔文学奖得主也有这样那样的不足,就误认为自己已经成了大师,踩在别人的肩膀上,讥笑别人矮,这是很可笑的事情。

其次,不得不承认《罗本舅舅》有过人之处。它说到了一个永恒的话题。小说既是个故事,也永远不只是个故事。故事必须有,却根本不重要。艺术只对永恒的话题感兴趣,它反映了人类对自身命运的思考。短篇小说是什么,它是人类思考时的一个表情,如何生动地表现这个表情,将是所有短篇小说作者努力的方向。

《情感的迷惘》

"文革"后期,父亲被抄的书归还了,一时间,借书的人多起来。父亲一生中最心疼书,别人借,不好意思红脸,心里总不愉快。当时借书的,有尚未恢复工作的省长和省委副书记,有知青，有中学老师，有油漆工，有人很爱惜书，也有人借了不还，今天回想起来，那时候借书的，还真都是读书人。

有一天，来了一个陌生人，自称父亲的熟人介绍，来了就吃饭，吃了饭，父母去上班，由我陪着聊天，聊到后来，我也得去上班，来人还是赖着不走，只好关照他走时别忘了把大门锁上。第二天，父亲发现书橱里的书少了，吃准了是这人拿的。母亲害怕冤枉人家，可是父亲犯了书呆子脾气，立刻用商量的口吻写信给熟人，过了一阵，在熟人的督促下，窃书者乖乖地将一大包书寄了回来，中间夹了一封信，没有一句是检讨，用词愤愤不平，大意是你们这些有书看的人，根本不知道没书的同志的苦处。

这一包书中，我印象最深的是一本《译文》，上面刊载了茨威格的《一个女人一生中的二十四小时》，我那时正好十八岁，已记不清将这部小说看了多少遍。这是祖父向我推荐的不多的几部中篇之一，记得自己曾老气横秋地对祖父说，他没骗我，这小说果然不错。祖父晚年，曾写信给父亲，想重读一些作品，这篇《一个女人一生中的二十四小时》便是其中之一。

转眼二十多年过去，祖父已过世，父亲也不在了，回首成长岁月，再也没什么比书的启迪更重要。茨威格显然不是最出色的德语作家，但是即使不算是顶尖选手，他留下的文化遗产，也仍然足够后人咀嚼。茨威格留下的优秀中短篇，差不多都收在了新版的《情感的迷惘》中，重读这个新选本，情不自禁感慨万分。这位与鲁迅同龄的德国犹太作家，最让人耿耿于怀的是不幸的晚年。茨威格流亡在外，没有被纳粹送进集中营，然而却失去了他的母语环境，对于作家来说，这是最残酷的一件事。

茨威格最后是自杀的。每想到这一点，我的心就忍不住颤抖。本质上看，茨威格是一个古典意义的作家，他的小说以细腻见长，能很好地进入女性的心灵深处，对女性的了解甚至超过了女人自己。他小说中女人的爱，让读者难以忘怀，这也是他的小说至今仍有销路的原因。现在的书太多，大家都有书看，不能代表大家都看书。不过，茨威格的作品还能卖，怎么说也是好事。

《冠军早餐》和《囚鸟》

也许美国人喜欢用早餐做书名，印象中，起码有两部好小说和早餐有关，一本是卡波蒂的《在蒂法尼进早餐》，另一本就是冯内古特的《冠军早餐》。《冠军早餐》和《囚鸟》是冯内古特不同时期的两部长篇小说，或许是不太长的缘故，出版社将它们合二为一，变成了一本书出版。冯内古特的作品，对中国当代文学有非常广泛的影响，尤其对年轻人，我读大学的时候，黑色幽默被列在西方现代派文学的最后，人们谈完了超现实主义、意识流、存在主义、法国新小说、拉美文学爆炸，总忘不了说说黑色幽默。黑色幽默在当时，有些像今天的新生代，或者说七十年代作家群，最新，因此似乎也最流行。十几年前，写作心态不好的人，一夸他作品中有那点黑色幽默，立刻觉得很时髦很得意。

我喜欢《冠军早餐》的叙事风格。男主人公科幻作家屈鲁特，居然得了诺贝尔医学奖。如果不是译误，就是黑色幽默，一个从事文学创作的人，最终获得了医学奖。在得奖的七年前，屈鲁特住在纽约州科荷斯地下室公寓里，以安装铝合金防暴门窗为生，没有人知道他是谁，同事和老板根本不能想象他会是作家，已经写了一百七十部小说和两千个短篇，这些作品都登在那些乱七八糟的色情刊物上。屈鲁特不是色情作家，他的科幻作品和色情无关，出版商不过是利用了他的文字，为了赚钱的目的，包装成了淫秽作品。很多人买屈鲁特的作品，不是因为书的内容，而是因为书中的色情图片。

屈鲁特的文字生涯正好走过了这么一段路程。他开始写作的时候，色情图片很有销路，淫秽两个字是最好的包装，可惜到了后来，随着性的开放，色情的价格一落千丈，读者再也不会为了春宫图片去买一本书，当年，人们去买屈鲁特的书，因为里面有这样的图片，现在，屈鲁特的书已经变得很不值钱，过去要花十二块钱才能买到的一本书，如今值一块钱，这一块钱就是屈鲁特小说的真实价格。对于作家来说，这是个十分尴尬的现实，然而情况就是这样，又有什么办法。

冯内古特的想象力丰富，他小说中的细节，是黑色幽默最好的例子。看他的小说，总是忍不住要笑，阅读中的笑也是一种被打动，即使笑之后仍然是悲伤，是莫名的绝望。美国人的幽默实在值得学习，我们很多文章都喜欢板着脸写，然后让读者板着脸看，仔细想想，有什么必要。

《词语》

见过好几个版本的萨特自传,三联版《词语》最有特色,正文后附有"萨特著作目录及提要",由国外的萨特研究者编撰,具体编排方式有些像中国的年谱,言简意赅,对进一步深入了解传主极有帮助。

和许多有名的自传一样,《词语》也是一本没有完成的自传。说白了,只是萨特的童年自传。和常见的自传不同,它并不以有趣的逸事见长。正如译者潘培庆先生说的那样,这部自传的意义,只是在于它的文化性质。它注定不是一本轻松的书,中间夹杂了太多的议论,跳跃也比较大,从写作到出版,《词语》经过了整整十年,充分反映了作者的矛盾和重视心情。以萨特的名声,这本书随时随地可以问世。

萨特把自己的童年,或者说是把自己的一生,分成两个不同的部分。一部分是读,另一部分是写,无论是阅读还是撰写,都是在和"词语"这个人类文化的符号打交道。萨特早年丧父,他的童年是在"一个老人和两个女人中间"度过,这个老人是他的外祖父,一位家里拥有许多书籍的语言教师。萨特在书的环境里长大,阅读是他童年生活中的一个重要场景,在字还没有完全认识的时候,便在书的海洋之中航行,此后,他的一生都在水里挣扎,书海无岸苦作舟,阅读成了他无法摆脱的宿命。童年过分孤独的生活,没有小伙伴,已故的作家们便成了他的朋友。萨特在书本中开始了自己的生活,对于他来说,词语的世界才是真正的存在,而现实的世界只是词语世界的"摹本"。

撰写成了萨特的另一种生活。他为写作同行们下了定语,"干我们这一行的都一样,都是苦役犯,而且还文了身"。在词语的宫殿里,他既是自己的主人,又是词语的主宰。早在还是一个七八岁的孩童时,萨特就发现了运用词语的奇妙魅力,在他最初撰写的故事中,"作为英雄,我与各种暴政作战,而作为造物主,我又把自己变成了暴君"。想象给了萨特最大满足,而用词语把想象固定下来,便成了他征服世界最有效的一种手段。

有些事实说出来可能会很尴尬,是读和写这两种简单的生活,使萨特成其为萨特。纵观萨特的一生,或许多少也能找到一些"体验生活"的影子,当过兵,打过仗,做过俘虏,参加过抵抗运动,有过很多女人,但是与阅读和撰写相比,其他种种经历都显得微不足道。

《猫与鼠》

格拉斯起码有两个理由让目前的中国人知道他。首先是诺贝尔文学奖,这是文学界的大事,不管你是否喜欢他的作品,这是一位文学最高奖得主,是新科状元,媒体饶不了他。其次,他的小说《铁皮鼓》被拍成电影,在欧洲反响不错,获得戛纳电影节的金棕榈奖,又获得奥斯卡最佳外语片奖,影响更了不得。只不过当年的媒体不像今天这么热闹嚣张,因此至今还见不到盗版的VCD，事实上，我一直在地摊上留心这部电影，很多年前曾看过录像，真是一部不错的片子，很值得收藏。

格拉斯本来还有一件事可以使得他在中国流行，这就是小说中的性描写。一九六一年，《猫与鼠》出版不久，引发了一起"艺术和色情"的争论，这是继《铁皮鼓》之后，格拉斯最有影响的一本书，但是攻击者为他扣上"色情作家"的帽子，认为《猫与鼠》在"道德方面毒害儿童和青少年"，因此应该列入禁书名单。出面要求将其列为禁书的是一个州的劳动、福利和卫生部，这是个一本正经的政府机构。格拉斯不服气，拉着出版社一起抗辩，专门聘请了五位专家，对《猫与鼠》进行审读，这种审读带有一定的喜剧色彩，结果以格拉斯胜利结束。但是仍然有好斗的评论家揪住他不放，于是闹上法庭，双方针锋相对，各不退让，最后法庭做出裁决，禁止评论家"在文学批评以外的场合，将原告称为'色情作家'"，格拉斯对判决很不满意，不满意也没办法。在法治国家里，法庭说了算，要生气也只好回家生气。

事隔多年，回头看这件事，大家都觉得那位揪住格拉斯不放的评论家很蠢，法庭也糊涂得够呛。时至今日，无论是西方的读者，还是东方的中国读者，都不会觉得《猫与鼠》有什么过分的色情描写。性是一个说不清楚的事，我们总以为西方人一向开放，其实二十世纪六十年代初期，劳伦斯的《查泰莱夫人的情人》的再版，也曾在英国引起轩然大波，而此时，这部以性描写著称的书，距离初版本已经有三十多年的历史。另一本美国作家纳博科夫的《洛丽塔》也是屡遭禁止，它在美国出不了，先在法国出版，然后才出口转内销，成为美国的畅销书，据董鼎山介绍，到八十年代末，美国的城镇的图书馆里，它仍然还是禁书。

《查泰莱夫人的情人》和《洛丽塔》在中国出版，都遇到不同程度的麻烦，麻烦成全了两本书，使它们成为事实上的畅销书。《猫与鼠》就不会有这样的运气，尽管它是一本很出色的小说，完全可以和戈尔丁《蝇王》相媲美，经过改革开放，那一点"性"已算不了什么，因此它的畅销也注定不可能发生。现在能支撑这本书的一个卖点，是诺贝尔文学奖，迟早有一天，这奖也蒙不了人。见怪不怪，《猫与鼠》最后将遇见那些真正的读者，他们不是奔着性而去，也不是因为诺贝尔奖，而是因为其他的一些别的什么。

《杜拉斯传》

在好几本杜拉斯的传记中，还真有些犹豫，吃不准该为哪一本说几句话。杜拉斯成为一种热门，是预料之中的事情，作为一个作家，话题至关重要，进入传媒时代以后，反客为主的情形愈演愈烈。现代读者对作品本身，常常不如对作家本人的逸事兴趣更大，杜拉斯身上的事太多，对于传记作家来说，这是一个很好的卖点。中国读者眼里，法国人最浪漫，而法国女作家中，最敢胡闹的也许就是杜拉斯。早在还是一个女孩子时，她便是个问题少女，到了晚年，已是六十六岁老太太，又为年仅二十七的扬·安德烈亚打开了家中的大门。这个看上去一脸忧郁的年轻人，成了杜拉斯最后的情人，他们一起生活了十六年，交往的众多异性中，他和她在一起的时间最长。现在，老杜拉斯死了，报纸上正在连载扬写的纪念文章。

一九六〇年，法国阿尔戈电影公司的创始人多曼想拍一部关于广岛核爆炸的电影，打算让一位女作家执笔，最初考虑的两位作者是萨冈和波伏瓦，萨冈十八岁成名，是个神童似的人物，而波伏瓦则是萨特的终身伴侣。两位才女的知名度当时都在杜拉斯之上，制片人约萨冈见面，这位心高气傲的女作家竟然忘了时间，让人家白白地等好几个钟头。机会最后落到了杜拉斯身上，制片人抱着试一试的心情拨通她家的电话，杜拉斯一口答应，并主动邀请导演喝茶，两个倾向于电影革命的人谈得很投机，喝茶最后变成了喝酒。

杜拉斯的一切，都从反叛开始，反叛是个很重要的姿态，与众不同是她追求的目的。在一开始，她绝对不会想到自己日后会成为媒体的宠儿，因为媒体总是媚俗于大众。她绝对不会想到自己会因为拒绝而和媒体走得更近，因为不想媚俗又真正地媚俗。是电影成全了杜拉斯，还是她成全了电影，将是一个纠缠不清的话题。对于大众来说，人们更多的只是知道电影，知道《广岛之恋》，知道由梁家辉主演的《情人》，毕竟看场电影要比看小说轻松得多。杜拉斯写过的电影剧本多达十九部，影响最大的电影《情人》剧本恰恰不是她亲手改编，这是一个意外。刚和电影打交道的日子里，她的作品在书店中滞销，小说集《树上的岁月》印三千册，几年后才卖了九百多册。《情人》出版后，印数很快高达百万,换句话说,在一开始,是电影拉动了作品的销售,到后来,她的作品本身就是畅销书,是电影导演的抢手货。最初是小说借助于电影,后来已是电影沾光于小说。

杜拉斯写的电影剧本《情人》被拒绝了,她已经功成名就。她后来挣了很多钱,多得有些离谱,导演需要杜拉斯的故事,她需要电影带来的丰厚回报。不管怎么说,她是一个优秀的小说家,这一点至关重要。同时,她也是不多的玩电影的作家,在某种程度上,电影便意味着大众,杜拉斯是个很不错的玩家。

《中国问题》

最初认真阅读罗素的文章,是读研究生上外语课。当时就感到很震惊,那种明白流畅的文体,时间过去十几年,至今仍然让我向往。诺贝尔文学奖颁发给罗素,说明评奖委员会这一次还真没看走眼。和其他得奖者不一样,罗素不是小说家,也不是诗人,更没有写过剧本,但是他厕身其中,丝毫不比别人逊色。罗素的著作很多。从学术上看,最重要的作品,应该是《数学纲要》。这是一本大多数人不太明白的书。对于中国的读者来说,罗素的影响在于他的哲学随笔,从"五四"时期开始,罗素的各种小册子常常在书摊上畅销。一个有趣的事实是,就我个人的读书经验,在文体上,中国作家真受罗素影响的并不太多,而从中悟出些道理的人,比较突出的也就算是王小波。

我完全出于偶然,在书店里发现了《中国问题》,很大的一

站在金字塔尖上的人物

个书店,这已经是最后一本。新版的《中国问题》初版于一九九六年十二月,印了一万册,一个月以后就加印,总印数达到三万。中国具有巨大的图书市场,我是一个经常逛书店的人,发现这本书,竟然是在一年以后。

当年坐在大学图书馆的冷板凳上,曾翻阅过中华书局版的《中国之问题》,是这本书的初译,可惜那时候只是匆匆而过,并没有认真拜读。现在重读《中国问题》,感慨很深,一些话不知道应该怎么说。罗素的这本书写于七十多年前,其中涉及的一些问题,现在也许仍然还是问题。社会的进步显而易见,然而阻碍社会进步的力量,却不会因为社会已经进步,就完全退出历史舞台。罗素始终是一位对人类进步事业十分关怀的人文学者,具有深刻的历史感和全球意识,他对中国寄予的希望和理想,甚至比我们中国人自己还要远大。在二十世纪,东方想摆脱西方的影响绝无可能,然而中国文明如果完全屈服于西方文明,将是人类文明史的悲哀。在某种意义上,罗素应该成为知识分子的楷模,因为他直接涉身于许多社会和政治问题,满怀热情地将绝大多数问题写了出来。对于知识分子来说,问题的发现,和问题的解决,几乎同样重要。

罗素注意到了中国在西方文明冲击下的窘境,知道中国人那种急于改变的心情,但是并没有自以为是地开出一张什么药方。中国的问题,还必须靠中国人自己解决。必须指出的是,罗素不仅仅耍嘴皮弄笔杆,他曾两次入狱,一次是在世界大战中,因为反战,被监禁六个月。还有一次是在四十多年后的一九六一年，原因是参与百人委员会的民众反抗运动，刑期最终由两个月减至七天。

《文明的历史脚步》

买这本书完全是因为韦伯的名气，现在很多中国学者写文章，情不自禁地就会拉出韦伯撑腰，引用他的语录正在成为时髦。记得在大学读研究生，一位美籍华人学者来做讲座，提到国内新出的某本专著，开头的第一句话，是马克思教导我们，不要迷信一切权威。这似乎是一种幽默，是迷信不要迷信，不由得想起二十多年前的学风，那时候写文章，总是马克思怎么说，动不动引用《资本论》，要不就是异化，就是存在主义。以纯粹的学术观点看，仅仅承认对毛泽东的个人崇拜，仅仅反思一下"文化大革命"，远远不够。

我不觉得《文明的历史脚步》是一本多么了不得的书。韦伯生于一八六四年，卒于一九二〇年，因为对东方的深入研究，他的一系列作品，在西方产生了广泛影响。为什么西方的资本主义文明不能在东方漫步，为什么东方产生了资本主义萌芽，不能正常孕育，结果总是胎死腹中，韦伯的意义在于他比别人更早地想到了这些问题。这些今天已经变得很流行的问题，在韦伯苦苦思索的那些年代，甚至于在他死去的很多年里，并没有多少人在认真思索研究。

我对韦伯知道得还是太少，就他谈到东方的一些文章来看，或许结论是正确的,然而从举证的角度来看,多少有些勉强。韦伯的文章在西方有很大反响十分正常,东方是一个谜,西方人想了解东方,韦伯的分析判断,很自然地就成了解谜的钥匙。韦伯毕竟不是我们常说的那种汉学家,和同样是德国人的马克思、恩格斯一样,韦伯是社会学家,是历史学和经济学家,他的思想是大学里的必读课本,而关于他的讨论,最合适的地方,也是大学课堂。

中国人一度对资本主义恨之入骨。资本主义是一个学者绕不开的课题,不论用什么样的态度对待它,资本主义文明作为历史必然,正活生生地展现在人类面前,并没有因为对它的憎恨,因为一次次的经济危机,就走投无路,就日暮西山,恰恰相反,资本主义仿佛刚抽足了鸦片一样,方兴未艾,比以往任何时候更神气活现。无法预测资本主义的回光返照究竟有多长,韦伯当初感兴趣的,或者只是想考察一下资本主义文明,研究它在东西方的不同境遇,它走过了什么样的道路,留下了什么样的足迹,更重要的,是还可能走多远,最终走向何处。这些问题并没有完,仍然值得今天的人去思索,去讨论。

《狱中记》

看过王尔德传记的人,再读《狱中记》会觉得很有意思。我不喜欢艺术中的唯美主义,总觉得这四个字是句骗人空话。王尔德的小说从未真正打动过我,他才华横溢,离经叛道,放在中国文化中，应该属于金圣叹一类的人物。我对王尔德的兴趣，更多的是在他耐人寻味的人生经历上。小说家的创作有两种方式，一是用笔，一是用自己的生活。王尔德最著名的理论，是艺术不应该模仿生活，生活反而应该模仿艺术，因为有虚拟的艺术作模仿和参照对象，王尔德的一举一动都十分艺术，特别有情调。

少年成名，有很多钱，挥金如土，过着众人眼里的放荡生活，临了身败名裂，锒铛入狱，客死他乡。王尔德只活了四十六岁，死于中耳炎，据说是坐牢时留下的病根。作为同性恋者，在那个时代，他显得非常不道德，是该死的鸡奸者。王尔德在狱中写了这篇很长的文章，我曾经见到过取名为《惨痛的呼声》的片断，那是他最优美动人的散文，远比年轻时的名作更出色。不知道这本《狱中记》是不是在国内首次出版，反正完整地见到这篇长文，对于我来说还是第一次。

我一度很想搞明白王尔德和道格拉斯之间的是非恩怨，把这两个男人的文章放在一起研读，会发现很多有趣的东西。他们总是在别人面前恶毒地攻击对方，不惜使用最下流的语句，王尔德把道格拉斯说得一无是处，而道格拉斯则干脆说王尔德是"老男妓"。仇恨也会让人感到震惊，他们反目为仇，喜欢窥探别人隐私的人因此大饱眼福。一八九一年，三十六岁的王尔德被二十一岁的道格拉斯吸引住了，深深地爱上了对方，或者说他们是互相倾慕。此时的王尔德如日中天，然而就是因为有了这个道格拉斯，王尔德的事业一下子走到了尽头。考虑到两人受到的种种伤害,有点仇恨是预料中的事情。

　　但是,最让人感动的,还是《狱中记》中流露出来的那种爱。王尔德对艺术的执着,那种不食人间烟火的自以为是,足以引起从事艺术活动的同行们的共鸣。爱在王尔德的笔下是个不同寻常的字眼,它是人生的一种归宿,是艺术的终极目标。一般情况下,爱情发生在两性之间,放大了也只是亲情和友情。王尔德的《狱中记》除了流露对艺术的真爱,还表达了一个同性恋者惨痛的呼声,这是我们很生疏的一种情感,游离于传统的道德体系之外,让读者既感到好奇,感到困惑,更感到震动,感到无奈。也许,王尔德的艺术世界根本不存在,即使有,也不可能找到钥匙。真实在羞羞答答的掩饰中欲盖弥彰,仇恨成了障眼的戏法,也许,我们静下心来,把王尔德最后的文字认真读完,沿着他的心灵轨迹进行探险,会在不经意中走出去一大截。

站在金字塔尖上的人物

大家读大家

The Great
Authors